SUBCONSCIENTE

Flor M. García

Novela corta

SUBCONSCIENTE

ISBN: 9798791542489

Publicado de forma independiente

© *Copyright, Flor M. García, Panamá 2,021.*

Edición y Corrección de estilo: Patricia Carrasco Del Carmen
Diagramación: Florentino Hidalgo González
Diseño de Portada: Samantha Hidalgo González (Gráfica Click & Print) Córdoba, Argentina.
Fotografía: Eduardo Torres (Portafolio507 Servicio de fotografías). Panamá, Panamá.

Todos los derechos reservados. Esta publicación no puede ser reproducida, en su totalidad ni parcialmente ni por ningún medio electrónico o mecánico, incluidos los sistemas de almacenamiento y recuperación de información, sin el permiso previo por escrito de su respectivo autor.

"La gente que cesa de creer en Dios o en la bondad todavía suele creer en el demonio. No sé por qué. O sí lo sé: la maldad es siempre posible, la bondad es una dificultad eterna".

Anne Rice

Dedicatoria

Una noche del 2018 terminé de leer un libro que llamó mucho mi atención y en ese momento sentí el deseo de escribir mis propias historias, llenas de ficción, pero con un singular toque de realidad. Cada fin de semana frente a una computadora daba rienda suelta a la imaginación.

Dedico este libro a mi papá, quien, con sacrificio y tesón, forjó en mí la convicción necesaria para lograr mis sueños, para hacerle frente a la vida con seguridad y quien creyó en mí hasta el último de sus días. No pude, ni podré terminar de agradecerte todo lo que hiciste por mí para llegar a ser la persona que soy hoy día.

A mi hermano Willy, quien siempre fue un ejemplo para mí, nos quedaron muchas películas por ver, pero siempre estarás presente cuando las vea.

A mis tíos, quienes han partido ya, pero seguirán vivos mientras permanezcan en mis recuerdos.

A cada una de las personas que me ayudaron de una u otra forma para que este sueño se materializara después de tantos años.

El poder de sentir

"Solo viviendo sensaciones desconocidas pones a prueba el límite de tus miedos."

Y allí estaba, inmóvil, en medio de la más densa oscuridad, presenciando lo que, hasta ese momento, creía que era la escena más escalofriante que había vivido: su mirada azabache fija en mí, su cuerpo inhóspito y carcomido moviéndose muy lento.

Aquel ser parecía más fuerte y aterradora que la misma noche, tanto que erizaba mi piel ante su presencia. Los pocos reflejos de la luz de la luna colándose entre las ramas de aquellos árboles, intensificaban mi terror, pues a través de ellos podía ver que aquel desalmado ser se acercaba cada vez más a mí.

Sí. Aún recuerdo ese momento, cómo olvidar su respiración sibilante en mi hombro derecho.

Cerré mis ojos presa de aquello esperando lo peor, me susurró al oído y desapareció.

Una noche más

"La creencia en una fuente sobrenatural del mal no es necesaria; el hombre por sí mismo es muy capaz de cualquier maldad".

Joseph Conrad

Eran pasadas las tres de la madrugada y ciertos destellos de luz se colaban por la ventana. Una súbita sensación de soledad inundó el lugar, había una calma inusual en aquella habitación. Mis recuerdos volvieron a atormentarme. La lámpara de la mesita de noche estaba encendida y por muy tarde que fuera nunca me atrevía a apagarla.

Me quedé dormida pensando en el inicio de mi nueva vida con aquella familia, me reconfortaba imaginar una escena idílica lejos de la maldad de estas paredes. Sin embargo, los sueños me abrumaron, eran horribles, pero desperté y mi cuerpo no respondía, la temperatura comenzó a bajar de forma abrupta, tanto que empecé a tiritar.

Un ruido ya conocido me alertó, al abrir los ojos ella estaba ahí, de pie frente a mí, mirándome con ojos negros y brillantes, opacados solo por su largo cabello. Podía ver su sombra y su lento y tropezado caminar. Hiperventilando traté de gritar "Déjanos en paz, ¡Vete! ¡Déjanos en paz te dije! ".

Ella movió su cabeza a un lado y fijó su mirada en la ventana. Sus movimientos eran lentos y cortados. Grité aún más fuerte, lo repetía una y otra vez hasta que desapareció, como desaparece el humo de un cigarrillo entre la niebla, y entonces pude respirar otra vez con normalidad.

Los ruidos de la noche volvieron a mis oídos: los autos pasando por los charcos llenos de agua, la brisa remeciendo las ramas de los árboles, las gotas de lluvia golpear las viejas tejas de este edificio fúnebre y sombrío; pude incluso sentir el olor de la calle mojada y mi cuerpo recuperó la calma.

Todo volvió a la normalidad.

Encendí la luz principal tan pronto como pude, observé el lugar tratando de encontrarla, pero todo estaba en calma. Sudé agitada, me costaba respirar y por ratos empecé a experimentar mareos y debilidad.

Me perturbaba escucharlos, verlos, porque sé que no son parte de mi imaginación, que buscan algo que no logro descifrar aún.
Trataba de no darle importancia, de ignorarlos, aunque en algunas ocasiones no tenía éxito. Mis noches se resumían a lo mismo día tras día: despertaba a la misma hora, me levantaba de la cama, tomaba un vaso con agua de la mesita de noche y volvía a recostarme esperando poder conciliar el sueño otra vez.

Siempre dejaba la luz tenue encendida en mi mesita de noche, siempre, porque cuando la apagaba cosas muy malas sucedían.

Algunas veces traté de explicar lo que ocurría y siempre tenía el mismo resultado: todos lo atribuían a ideas locas, a la adolescencia rebelde que imaginaba e inventaba excusas para no seguir los protocolos de aquel lugar. Aquel niño que no los seguía era duramente castigado.

Desde que tenía memoria siempre había vivido en ese lugar, éramos muchos infantes sin futuro aparente, pero aguardando con gran esperanza que alguien viniera a socorrernos, a salvarnos de la soledad. Mis noches eran un infierno y mis días, muy largos. Noté que los otros se mostraban reticentes conmigo, no era su curiosidad, más bien era miedo lo que notaba en sus ojos, tal vez debido a que veían algo diferente en mí o tal vez por las innumerables veces que había sufrido ansiedad estando en ese lugar.

Ese lugar estaba lleno de recuerdos que dolieron y que siempre llevaré a cuestas porque no podré sacar de mi mente, aunque hubiesen retirado todos los cuadros y pintado las paredes, de nada sirvió haber limpiado hasta la última gota de sangre ya que jamás lograron borrar aquel suceso.

Una mañana salí de mi cuarto a respirar un poco de aire. Di un largo paseo y sin darme cuenta llegué hasta la fuente de agua y me descubrí sentada admirando las gotas de lluvia caer. La soledad de ese lugar me producía escalofríos, ¿Cuándo saldré de estas grandes paredes de piedra, más allá de los árboles de almendras y portones de acero? Me decía a mí misma con lágrimas en los ojos ¿Cómo es posible que una niña pueda sentirse tan sola rodeada de tanta gente?

Saqué de mi bolsillo un reproductor de música que aún conservaba de una gran amiga que había partido a un mejor lugar. Busqué la primera canción en la lista, un instrumental de piano, esto me hizo recordarla y percibí mejor las cosas a mi alrededor, aquella suave brisa que se posaba en mis mejillas y el ardor de una mañana cálida. Mi mente quedó en absoluta calma, encontré paz y por unos instantes solo cerré los ojos y disfruté de un lugar mágico e idílico que solo existía en mis sueños y en mi imaginación pero que sabía que un gran día conocería.

—¿Qué haces aquí con esta lluvia, hija de Dios? Te he estado buscando por todas partes. Anda, debemos ir adentro antes de que pesques un refriado aquí afuera —habló una de las monjas mientras me tomaba muy fuerte por el brazo.

Sé que las personas jamás me creerán, pero no estoy aquí para que me crean, estoy aquí para demostrárselos. Tienen que verlo por sus propios ojos, tienen que vivirlo. Solo así me creerán. El mundo está lleno de personas malvadas, muy cerca de nosotros.

Cuando era pequeña los sueños y las visiones inundaban mis noches. Traté de hacerle caso a aquella voz en mi cabeza que me decía que todo estaría bien, que dejara de darles el control, es solo que ahora han vuelto y esta vez no sé si podré detenerlos.

Sé que lo soñé

"En la música es acaso donde el alma se acerca más al gran fin por el que lucha cuando se siente inspirada por el sentimiento".

Edgar Alan Poe

Una mañana de diciembre en aquel pueblito de Antón desperté con una sensación muy difusa. Encontrándome en mi habitación me alegró saber que todo había sido una horrible pesadilla. Me levanté dispuesta a prepararme, pero mi corazón albergaba tristeza, un vacío grande en mi pecho. Mi mente intentaba mantenerse en órbita, sin embargo, me sentía perturbada, así que bajé las escaleras buscando a mamá porque ella siempre sabía darme una palabra de tranquilidad para mi alma.

—Mamá, ¿dónde estás? —grité.

—Aquí estoy, apúrate o llegaremos tarde —contestó desde la cocina.

Teníamos un viaje programado en mi primer día de vacaciones. El momento perfecto soñado desde hace un par de meses con gran emoción y alegría, opacado solo por un pequeño detalle... aquel sueño... aquella imagen. Mis deseos de ir se disiparon, pero no podía fallarles. Lo habían planeado por meses, un tiempo juntos, en familia antes de mudarme a un apartamento ubicado en el centro de la ciudad donde empezaría mi vida universitaria.

Comencé a sentirme temerosa y preocupada. Otra vez me sudaban las manos y mi garganta se cerraba. Creo que todo esto de la universidad, la mudanza y el inicio de mi vida adulta me causaba cierto grado de ansiedad. Sí, debe ser solo eso.

Papá entró a la cocina para buscar algunas bolsas.

—Papá, ¿y qué tal si mejor nos quedamos en casa y vamos otro día?, es decir... ¿qué tal mañana? —le dije mirándolo con inseguridad.

Mi papá se detuvo de inmediato y me miró con sonrisa, pero extrañado.

—Hija, ve a alistarte, ya todo está listo para hoy y al mediodía salimos. Sin contar que hay que pasar por tus primos... otra hora más, espero que no encontremos tranque en la autopista. Este es el viaje que tanto habías soñado, no lo eches a perder ahora —. Y se dio la vuelta recogiendo las bolsas que estaban en el sofá de la sala.

No logré convencerlos por más excusas que me inventé. No tenía ánimos para desayunar, así que solo tomé una manzana del refrigerador, arreglé mi mochila, agarré una bufanda rosa que tenía, guardé mi iPod en el bolsillo y me senté a esperar la hora de salida; me sudaban las manos, me sentía algo impaciente.

Subimos al miniván y emprendimos el camino hacia la carretera principal. Debíamos cruzar el noroeste de la ciudad hasta el área montañosa.

Me resigné, pensé calmarme y olvidarme de todo. Conecté mis audífonos, ajusté mi cinturón y resolví disfrutar del momento con buena música relajante. Mamá y papá iban contando historias chistosas, algo picantes en compañía de mi primo, eran muy divertidos cuando estaban juntos esos tres. Los escuchaba atentamente y observaba sus rostros, parecían felices; mientras que mi hermana prefería leer su aburrido libro. Siempre está leyendo, es la intelectual de la familia, el orgullo de papá, lo cierto es que siempre parece disfrutar más entre esas páginas que hablando conmigo.

Mis primos, que iban en la parte de atrás del miniván, comentaban y reían agitadamente; la esposa de mi primo leía una revista de modas, captó mi atención las medidas tan pequeñas que tenían aquellas modelos, tal vez pesaban menos que la chamarra que llevaban puesta.

Todos íbamos algo apretados, pero ese era el sacrificio por querer compartir juntos durante el trayecto, además de ahorrarnos unos cuantos dólares.

Transcurrieron tres horas y media de camino cuando empezó a llover, hacía mucho frío y los vidrios empezaron a empañarse, me puse mis guantes negros de peluche, hermoso regalo de mi amiga Zu. Teníamos hambre, así que paramos a comer algo para continuar el viaje en un restaurante a orilla de calle. El lugar era muy cómodo, algo pequeño pero acogedor. Nos reconfortó el agradable olor a café al entrar.

Aunque casi todos cenamos allí, papá y mi hermana prefirieron pedir emparedados para llevar y comer por el camino más tarde.

Papá estaba muy animado con el viaje, lo habíamos planeado por meses y era su anhelo que todos la pasáramos de maravilla, que fuera una experiencia inolvidable, se esforzó mucho para que cada detalle saliera bien. Era también una excusa perfecta para disfrutar de una improvisada segunda luna de miel con mamá.

Seguía lloviendo, el cielo cada vez estaba más nublado, a mamá le preocupaba que estaba oscureciendo, eran casi las siete de la noche y todavía no habíamos llegado a la entrada de Cerro Azul, íbamos lento por la lluvia y debíamos llegar pronto a las cabañas.

Papá había tratado de apurarse para que no llegáramos más tarde; sin embargo, no contábamos con que la lluvia nos sorprendería en el camino.

En medio del torrencial aguacero solo lograba ver frondosos árboles a lo largo de la calle. En medio de la oscuridad no lograba identificar nada más, mi hermana estaba recostada a la ventana, se había quedado dormida luego de cenar. Yo seguía observando el paisaje borroso ya que mi móvil no lograba captar señal alguna.

En cuestión de segundos, una luz muy brillante se posó frente a nosotros, mi respiración se entrecortó por segundos, escuchamos una bocina y rápidamente papá desvío el auto para no chocarnos con el camión, todos gritamos mientras intentábamos aferrarnos a nuestros asientos. Papá perdió el control, sentimos piedras en el camino y el auto se salió de la vía.

Vi como caíamos al vacío, fueron segundos los que sentí que estábamos en el aire y de repente hubo un fuerte impacto que me hizo perder el conocimiento.

Desperté con un fuerte dolor de cabeza, me sentía mareada, al moverme divagaba entre mis pensamientos hasta recordar que nos habíamos salido del camino. El ruido de la noche volvió a mis oídos. Miré hacia afuera, nos habíamos estrellado contra un árbol y el auto estaba de lado. No puedo describir el dolor intenso que sentía, me costaba moverme y hasta respirar, intenté salir, pero mi pierna estaba atorada, con dificultad logré zafarme, sentía un dolor agudo en el brazo y punzadas en todo el cuerpo.

—¡Mamá, mamá! ¿estás bien? —grité angustiada.

No respondía, creo que se golpeó la frente porque sangraba mucho. Voltee a mirar a papá que estaba atrapado contra los hierros del motor del carro, e inconsciente sobre el timón del auto. Intenté llegar a él, pero no podía alcanzarlo.

Mi hermana se hallaba en el suelo del auto, tampoco reaccionaba por mucho que le grité. Mis primos: uno se encontraba recostado contra la puerta del coche, el otro se había salido por la ventana del auto y estaba en el herbazal entre las rocas con su ropa mojada y llena de sangre. El cuello me dolía mucho como para ver más detalles.

Era una escena aterradora. No podía creer lo que estaba viendo, me parecía algo irreal.

Lo soñé... —Recordaba con los ojos nublados de lágrimas— Lo soñé, esta escena la viví en esa pesadilla.

Lancé un grito desesperado tratando de sacar mi dolor, mi agonía, pensé que me volvería loca ante tanta tragedia. Mis ojos compungidos observaban toda la escena mientras trataba de asimilar lo que estaba ocurriendo. No tenía idea de qué hacer, ninguno parecía estar con vida.

Mi angustia creía y mi mente se nublaba, no quería aceptar la posibilidad de que tal vez ellos... ni pensarlo. Necesitaba bajar del auto e ir por ayuda cuanto antes. Así que me armé de valor y pasé por encima de mi hermana, abrí la puerta contraria, volví a sentir ese dolor intenso en la pierna, lograba moverla con gran dificultad, creo que algunos vidrios me cortaron, pero preferí no investigarlo. En ese momento era lo que menos me preocupaba.

Al bajar del auto me di cuenta de que había una fuga de gasolina, miré a los alrededores y solo veía árboles, sentí desmayarme, estaba débil, confundida e impactada; me dejé caer un momento contra el auto, sentía mucho dolor, tanto que casi no podía mantenerme en pie. No sabía qué hacer ni hacia dónde caminar. Quise gritar, pero solo emití un ruido ahogado en llanto, no podía creer que estuviera pasando.

¡Dios mío, qué hago! Necesitaba que alguien me ayudara cuanto antes.

Traté de subir hacia la carretera, la pierna no me dejaba caminar muy bien y me dolía mucho apoyarla. Intenté hacerme un torniquete con la bufanda rosa que traía puesta, no quedó muy bien, pero al menos funcionaba para dejarme llegar.

Miré el reloj, el vidrio estaba quebrado, no podía ver bien qué hora era, había muy poca luz lejos de las lámparas del auto.
Logré llegar a la carretera, estaba completamente desierta, caminé para ver qué podía encontrar... Una casa, una estación de gasolina, alguien, quien sea que pudiera ayudarme.

Mi pierna ya no sangraba tanto, traté de caminar más rápido, pero me daba miedo perderme y no saber regresar al auto.

Entonces vino a mi mente ¡la esposa de mi primo! No la vi en el auto, rayos, ¿dónde está? ¿habría ido a buscar ayuda?
Miré a mi alrededor una y otra vez. Me sentí débil, la cabeza me daba vueltas y mi dolor se intensificaba más y más.

—Margaret ¡Margaret! ¡Margaret! ¿Estás ahí? Mis ojos se inundaron, la impotencia me carcomía por dentro mucho más que los vidrios incrustados en mi pierna.

Traté de respirar profundo y calmarme, me sequé las lágrimas. Escuché una explosión muy fuerte que me hizo caer al suelo. Mi cuerpo se estremeció de dolor y pude sentir los vidrios atravesando mi pierna aún más, era insoportable.

Miré hacia atrás para ver de dónde provenía. El auto estalló y lo único que podía ver desde allí era un espeso humo, volví corriendo y gritando desesperada. En ese instante mi dolor parecía sin importancia. Me lancé barranco abajo para llegar más rápido, gritaba del dolor, pero me aferraba a que estuvieran vivos. No podía ver con los ojos aguados, estaba desesperada, en shock, empecé a hiperventilar.

—¡Mamá, papá, espérenme, ya voy! No me dejen… ¡No me dejen sola! —Caí al suelo con un enorme dolor en el corazón y comencé a gritar y llorar otra vez.

—No hay nada que hacer Anny, no hay nada que hacer— escuché decir. Entre lamentos me extendió sus brazos, pude observar que estaba muy mal herida y sus manos temblaban mucho.

—¿Dónde estuviste? No te vi cuando salí del auto— le pregunté.

—Desperté y fui a buscar ayuda, pero regresé por miedo a perder el camino, me sentía muy desorientada —Su mirada reflejaba tristeza y dolor.

—Anastasia, mi esposo está muerto… ¿Qué voy a hacer ahora sin él? —me dijo entre sollozos que me partieron el corazón.

Empecé a sentir culpa dentro de mí porque en parte este viaje también fue mi idea. Traté de encontrar una palabra que calmara su agonía, pero cómo podría dar algo que carecía en esos momentos, en mis adentros solo una mente perturbada y en mi rostro sólo dolor y pérdida. Imaginé las escenas en las que ambos estaban juntos, felices y amándose como una pareja ideal que cuidaba su amor a través del tiempo. Todo eso había terminado. El dolor que nos embargaba ocupada ahora su lugar.

Todo ardía, ambas llorábamos desconsoladas sin encontrar otra salida a lo que estábamos viviendo en ese momento. Caí de rodillas y gritaba de dolor, pidiendo ayuda, rogando que alguien apareciera, tratando de despertar de ese mal sueño, pero el tiempo transcurría y nadie nos escuchó.

Ella sangraba mucho. Cuando le pregunté de dónde salía tanta sangre me dijo que al caer el coche se chocó con los hierros de la puerta; me preocupaba la herida tan profunda que tenía en su costado izquierdo, me hablaba por ratos y por otros parecía perder la razón hasta que, poco a poco, fue desvaneciéndose hasta quedarse dormida.

Me quedé observándola, escuchando el sonido de la llama ardiendo, ni siquiera hice el intento por saber si estaba viva.

Mis labios temblaban, mis ojos cegados por las lágrimas no me permitían ver con claridad lo poco que la luz tenue de la noche mostraba. Perdí la esperanza, sentí desvanecer mi razón. Por unos instantes lo vi todo en cámara lenta, la sangre, las llamas, los cuerpos quemarse, las hojas de los árboles caer, mi respiración sibilante.

Ya nada tenía sentido, por momentos me plantee quedarme ahí observando hasta que las llamas llegaran a mí y no seguir siendo testigo de este dolor que ahogaba mi ser.

No sé cuánto tiempo estuve así.

Después de un buen rato contemplando aquella escena trágica logré alcanzar la calma y la compostura, me sequé el rostro, la miré y la llamé para que fuéramos a buscar alguien que nos ayudara a sacarlos del auto: la policía, los bomberos o algún carro que pasara por esa calle para llevar a mi familia de vuelta, o lo que quedaba de ella. Las imágenes eran horrorosas, jamás saldrán de mi mente, nunca pensé que el último recuerdo de ellos fuera de esta forma.

Margaret no despertó.

Supe que estaba sola, pero no me sentí mal por ella, de algún modo ella ya no sufriría más. Me tomó tal vez minutos aceptarlo y volver en mí otra vez, no tenía noción del tiempo, todavía escuchaba las llamas apagándose poco a poco; estaba divagando, supongo que así es como responde la gente cuando pasa por un dolor demasiado fuerte.

Recordé todo lo bonito que viví con mis padres, las cosas que planeábamos hacer, las aventuras que viviríamos juntos, las palabras de mi madre esa mañana y mi insistencia a mi padre por no salir de casa.

Todo lo había soñado, tal cual, hasta antes de la explosión, pero Margaret, ella no estaba en mis sueños porque no iba a viajar con nosotros. A última hora cambio de planes.

¿Cómo pude soñarlo y permitir que pasara? ¿Cómo iba a saber que se haría realidad? ¿Por qué no hice nada? grité una vez más golpeando el suelo.

Intenté volver a subir hasta la carretera. Esta vez debía encontrar a alguien que me ayudara a sacar a mi familia de aquel lugar y no volvería sin ayuda. Llevaba conmigo mi identificación y algo de dinero en una cartera cruzada, mi móvil no tenía señal y se agotaba la batería.

Como había llovido estaba todo resbaloso, con hojas resecas, ramas de árboles sin hojas, hormigas cruzando por doquier, escuchaba el sonido de muchos animales.

Por fin había llegado a rastras a la carretera, estaba oscura y desolada. Puede que la herida de la pierna estuviera sangrando otra vez. Todo se hallaba oscuro, no diferenciaba entre el lodo y la sangre en la bufanda, me dolía demasiado, tenía mucha sed y me sentía débil pero sabía que no podía quedarme ahí.

Por la ubicación de la luna calculé que podrían ser las dos de la mañana. En el rato que llevaba caminando no vi a nadie pasar, la calle estaba muy oscura, casi no podía ver nada, grandes árboles a ambas partes de la carretera, ni la más mínima señal de que hubiera personas viviendo por ese lugar. Solo neblina, ni el sonido de las aves, ni el ruido de algún automóvil, solo oscuridad y frío.

Empecé a escuchar esa voz dentro de mi cabeza otra vez.

—¡Ahora no! —dije en voz alta.

Escuché a alguien susurrando entre los arbustos, sonaba como si se burlara, como si riera muy bajo, era una voz ronca.

—¿Hola? ¿Hay alguien ahí? Necesito ayuda, nos chocamos y mis padres están muertos. ¡Ayúdame por favor, por favor! — Estaba exhausta, no podía caminar más y mi garganta estaba seca.

Aquella presencia se acercaba cada vez más pero no lograba ver nada. De pronto, sentí un silencio absoluto, las hojas dejaron de moverse, una brisa tenue pasó por mis pies, sentí la respiración de alguien detrás de mí cerca de mi oído derecho.

Me paralicé del miedo cuando escuché su voz:

—Apenas... comienza —me susurró muy bajo con esa voz ronca.

Tenía tanto miedo que ni siquiera podía moverme.

—¿Quién eres? —pregunté con voz quebrada sin mirar atrás.

—Eso ya lo sabes, tú... me has visto—

Y comenzó a reír, pero esta vez se escuchaba tan lejos y su voz venía de enfrente de mí. Volteé de inmediato en un acto de valentía y pelea contra mi adolorido cuerpo. No había nada, ni nadie.

Todo quedó en silencio, luego escuché un grito desgarrador tan fuerte que me hizo caer inconsciente al suelo.

"El anhelo de papá era que todos la pasáramos de maravilla, que fuera una experiencia inolvidable. Y lo fue: jamás ha podido salir de mi mente".

Mientras despierto

"El pensamiento es la principal facultad del hombre, y el arte de expresar los pensamientos es la primera de las artes".

Étienne Bonnot de Condillac

Era un hermoso jardín con muchas flores, mis padres estaban aquí junto a todos los demás. Había una barbacoa, esperaba mi turno al lado de la mesa, todos reíamos. Un día soleado con brisa fresca que remecía las hojas de esos frondosos y verdes árboles que rodeaban el campo. Una escena idílica de felicidad y paz. Reíamos sin parar, me encantaba ese lugar. Alguien se acercó a mi oído y dijo: *"Despierta, ya es hora."*

En cuestión de segundos el escenario cambió. Todo se oscureció, no alcanzaba a ver absolutamente nada, mi voz se perdía en la inmensidad de lo que parecía no tener fin. Era como estar inmersa en un abismo levitando, una luz tenue se acercaba a mí y agitaba mis brazos intentando alcanzarla. Veía mis cabellos moverse con lentitud, la sensación era similar a estar bajo el agua, en lo profundo de aquel abismo que tanto me ha aterrado. Después de unos instantes me había dado por vencida y me dejé consumir por las tinieblas. Súbitamente oí una puerta abrirse, rechinaba como una bisagra vieja y agrietada; pasos rápidos se acercaban.
"Despierta, ya es hora."
Fue como si de pronto emergiera de una gran piscina, abrí los ojos exaltada tratando de llenar mis pulmones otra vez.

Una enfermera que iba haciendo su ronda se percató del sonido que hacía la máquina a la que estaba conectada, la cual marcaba un aumento en mi ritmo cardiaco.

— ¡Doctor, doctor, venga, ya despertó! —escuché una voz de mujer que entró a la habitación con brevedad. Moví la mirada hacia mi lado derecho, me sentía muy cansada y trataba de reconocer el lugar a mi alrededor.

Estaba en el cuarto de un hospital con un galeno frente a mí. Escuché la máquina a mi lado y sentía la mirada de lástima que suelen tenerles algunas enfermeras a los pacientes. Ya había recuperado el aliento, pero aún no salía de mi asombro.

—Bienvenida, estás en el hospital Saint Nicholas de la ciudad capital, no tienes de que preocuparte. Ahora estarás bien —mencionó.

Ni siquiera me sentía con fuerzas para hablar. Pensé que mi sueño era real y luego comprendí todo: había sido rescatada, salí a pedir ayuda para mi familia, pero sólo recibí la ayuda para mí; mis ojos se llenaron de lágrimas porque recordé todo lo que pasó y eso sí fue real. Mi familia aún seguía allá en el lugar del accidente, quizás no estaban con vida, pero rogaba para que recuperaran sus cuerpos. Mi alma no estaría en paz.

El doctor entró a la habitación mientras aún seguía conmocionada recuperando el aliento.

—Necesito toma de presión, glicemia y los resultados de los exámenes y las placas de ayer. Tráeme su expediente ¡Ahora!

—Sí, doctor.

La enfermera salió rauda y veloz sin dudarlo, el doctor se acercó a mí y colocó su mano en mi hombro:

—Has perdido mucha sangre, pero gracias a Dios te trajeron a tiempo. Soy el doctor David O' Neill, estoy encargado de tu caso ¿cómo te sientes? ¿Algún dolor? —preguntó, mientras me examinaba la vista con ese foco pequeño que no me dejaba ver.

Yo solo movía la mirada, hace un rato creía estar hundida en un abismo oscuro, instantes después estaba en esa habitación fría intentaba reconocer los detalles a mi alrededor. Me sentía aturdida, sola, abatida, con un gran nudo en la garganta. Tratando de identificar cuál era el sueño y cuál la realidad.

Todo en derredor era sombrío: una mesa de madera frente a mí, una amplia ventana de vidrio con cortinas lisas de color celeste que caían hasta el suelo, un televisor apagado y los aparatos conectados a mi alrededor. Parecía tarde, cruzaban por la habitación algunos rayos opacos de sol.

Volví a mirar al doctor, esta vez veía más claro. La enfermera entró deprisa con un fólder y otros documentos y se los entregó al doctor, quien los miró y comenzó a informarme:

Has estado inconsciente dos días, te golpeaste un poco la cabeza, te hicimos muchos exámenes sanguíneos y físicos incluyendo una resonancia magnética y radiografías, se descarta trauma interno.
Tu hemoglobina está muy baja, pero se estabilizará poco a poco, tendremos que hacerte más transfusiones de sangre. Estabas deshidratada, con cuadro de hipotensión muy pronunciado.
Sobre tu pierna... tuvimos que suturar, con los antibióticos que te estamos suministrando evitaremos una infección. Presentas esguince en tobillo derecho, para eso colocamos una bota que mantendrá inmovilizada la zona. Intenta no moverla. Estarás bien.

Tienes un pequeño desgarre en el brazo derecho, necesitaremos terapia para eso, algunos golpes en la espalda y en la frente, el labio inferior presenta un hematoma, pero veo que se está cerrando ya, algunos rasguños en el brazo izquierdo, mejilla y manos. —Se detuvo un momento y me miró.
No sé qué intentabas abrir... inhalaste una cantidad considerable de humo, ¿dónde estuviste Anastasia?

Mojé mis labios para poder hablar.

—Mi familia…

Él bajo la mirada, luego la condujo hacia la ventana y volvió hacia mí con esa mirada azul profundo.

—Cuando te encontraron estabas sola, ¿qué recuerdas de ellos? Estamos tratando de contactarlos. La policía se mantiene en su búsqueda, han ido a tu domicilio y al lugar donde te encontraron.

Tuviste suerte, muy pocas personas pasan por esa carretera, es desierta, pero supongo que tienes un angelito de la guarda que te rescató a tiempo.

—Nos estrellamos contra un árbol en un precipicio, el auto se incendió poco después —hice una pausa mientras recordaba.

Me dolía mucho la cabeza aún, comencé a quejarme del dolor.

—Tranquila, no te muevas —dijo el doctor.

—Ellos están allá, tienen que buscarlos —dije mientras intentaba tomar su brazo, pudo ver mi mirada de angustia revivida.

Un agente de la policía entró a la habitación seguido de la enfermera.

—Doctor, es el sargento Domínguez, encontró a la familia de la paciente; permiso —dijo la enfermera retirándose.
Quise levantarme, pero no pude. En su lugar solo me quejé, me dolía todo el cuerpo.

—No, espera. Todavía no lo intentes, estás muy débil aún —dijo el doctor.

—¿Es cierto sargento? ¿Encontró a la familia de la chica? —preguntó el doctor.

—Así es doctor, pero temo que... —el sargento miró al doctor y luego a mí— los encontramos muertos, no sobrevivieron a la explosión del auto, lo siento mucho— bajó la cabeza y se retiró.

Empecé a sollozar, sentí un vacío indescriptible en el pecho, me dolía el corazón como nunca, tenía la esperanza de que sobrevivieran. Empecé a agitarme más y más.

—Lo siento, de verdad, lo siento —dijo el doctor.

Intenté levantarme otra vez, pero no pude hacerlo, era como si estuviera pegada a la cama, todo me dolía. Miré la pierna, era horrible, tenía moretones y rasguños, estaba hinchada y me dolía mucho moverla.

—Necesito verlos —dije mientras trataba de sentarme— ¡Necesito verlos, por favor, ayúdeme!

—No, eso no. No puedes ir a ninguna parte así, estás muy débil repito. —El doctor me tomó por ambos brazos y se acercó a mí—Te entiendo, sé que duele y sé que es difícil esto para ti, pero ahora tienes que calmarte. No hay nada que hacer —me dijo como tratando de convencerme, pero en el fondo sabía que tenía razón.

Seguí llorando, esta vez el dolor salía del pecho y me embargaba, sentía un nudo grande en la garganta y la sensación de huir, pero no tenía a donde. No podía creer que estaba sola, que ellos ya no estarían más conmigo.

—¿Cómo no pude prevenir esto? Yo lo sabía, lo sabía —dije con voz agitada y entrecortada.

—¿De qué hablas? —

De pronto me percaté que el doctor seguía ahí, me quedé callada, no podía arriesgarme a decirle y que no me creyera.

—¿Hay algún familiar que podamos llamar para que venga a verte? — preguntó.

Pero volví a intentar levantarme, empecé a quitarme los tubos de venoclisis.

—¡Enfermera! Rápido, necesito una dosis de calmante ahora —dijo por el comunicador. Luego me sujetó por los brazos y el dolor se intensificó.

—No, no quiero dormir, necesito verlos, necesito verlos, por favor, doctor... Ayúdeme, se lo pido.
Mientras la enfermera entraba y me colocaba el calmante, el doctor me miraba con lástima y me decía:

—Ya lo harás, pero ahora mismo tienes que recuperarte. Necesito que descanses un poco. No puedes estar así, te vas a lastimar más y no queremos eso.

Cerré los ojos. Escuché la puerta rechinar, oí pasos que caminaban muy lento hacia mí y de pronto se detuvieron a mi lado derecho de la cama, volví a sentir esa suave brisa fría.

—¡Solo quedas tú! —dijo con voz ronca y grave.

Abrí los ojos de inmediato y luego miré a mi lado. No había nadie.

Empecé a respirar muy rápido, sudaba frío, esa voz la he oído.

¿Sería posible que aquella voz en mitad del camino esa noche me haya seguido hasta aquí?

Luego comencé a escuchar los sonidos de la máquina que me monitoreaba y todo volvió a la normalidad. Fueron segundos extraños, me estaba volviendo loca... Tenía la garganta seca, quería un poco de agua, pero no podía moverme.

Nuevamente las lágrimas aparecieron, cada vez que despertaba recordaba todo, ya habían pasado quince días desde que había ingresado al hospital y apenas me hallaba estable. Ya podía mover el brazo, las heridas iban cerrando, la sutura de la pierna iba por buen camino, pero el tobillo aún dolía demasiado.

La fuerza para seguir adelante se había ido, no quería estar aquí, no tenía a nadie por quien vivir, qué caso tenía si estaba sola.

Mis familiares más cercanos eran los hermanos de papá y estaban al otro lado del continente. Estaba segura de que ni siquiera me reconocerían.

¿Cómo pudo ser posible que saliéramos esa mañana a un paseo de vacaciones y luego estuviera postrada en la cama de un hospital como única sobreviviente de ese accidente? ¿Cómo podían pasar cosas así? ¿Qué debía hacer de ahora en adelante? ¿Qué motivación podía encontrar? ¿A dónde iría? Me hacía muchas preguntas.

Comencé a sollozar, y luego a gritar de dolor. Pero ese dolor no venía de mis heridas, venía de lo más profundo de mi corazón, dentro de mi alma, con una fuerza desgarradora, era una angustia tan grande que no podía parar.

A la habitación entró la enfermera en turno y me aplicó un calmante que esta vez no me hizo dormir, solo me mantuvo tranquila, pacífica, como cuando estás en automático... consciente, pero sin moverte. Apagó las luces y miré a mí alrededor, quería levantarme, pero aún no me lo permitían.

El doctor O' Neil ha sido muy bueno conmigo, estaba al tanto de mí todo el tiempo y eso me hacía sentir segura. No sé si era porque tenía mucha vocación o porque sentía lástima por mí. Empezaba a creer que era lo último.

La enfermera entró, esta vez para extraer más muestras de sangre y para monitorear mi nivel de oxígeno. Aunque esa noche había inhalado mucho humo producto de la explosión ya estaba mejorando. Me quedé observándola y le dije:

—Gracias por alentarme a despertar, no se lo había dicho—

—¿A qué te refieres, linda? —me preguntó con un gesto de duda.

—Usted, aquel día, me dijo que ya era hora de volver y luego desperté, aunque no la vi, le agradezco por alentarme—

—Creo que estás equivocada, linda. Cuando entré a la habitación ya estabas despierta, no había nadie. ¿Estás segura? ¿Te sientes bien? —Me miró con preocupación.

—¡Sí! Sí estoy bien. —Me quedé perpleja.

—Buenas noches entonces, descansa —dijo mientras salía de la habitación.

No podía creerlo, estaba segura de que había escuchado esa voz, no fue un sueño ¿O acaso estaba alucinando? No quise prestarle mayor atención al tema, traté de cubrirme con la cobija. La lámpara estaba apagada, pero la luz de la calle se colaba por la ventana que tenía las persianas hasta la mitad.

Volví a percibir esa sensación fría que me hacía tiritar, mi piel se erizó, sentía como si alguien estuviera aún en la habitación. Divisé una sombra detrás de la puerta que parecía tener forma humana, me miraba y provocaba en mí mucho terror y angustia. No había entrado nadie después que la enfermera salió. ¿Qué era eso?

El frío me recorría el cuerpo desde los labios hasta la punta de los pies. A los pocos segundos la sombra se había ido junto a aquella sensación de estremecimiento y la habitación se quedó en silencio. Miré un rato hacia la ventana tratando de deducir qué había sucedido; cuando logré calmarme cerré los ojos volviendo a acomodarme en la cama.

Una mano fría me tocó el hombro.

Sé que no es real

"Lo sobrenatural es el elemento natural que todavía no entendemos".

Elbert Hubbard

Apenas podía sostenerme firme, pero al menos ya era una mejoría y eso me motivaba a continuar, aunque aún no sabía para qué, no tenía una razón de vivir, me repetía todo el tiempo que estaba sola y eso nadie lo podía cambiar.

Llevaba casi cuatro semanas en el hospital sin saber a dónde iría al salir. El ambiente allí era hogareño, pacífico y reconfortante hasta ese momento, la atención personalizada, no tenía quejas. Sin embargo, mi habitación no parecía tan acogedora, de hecho, no me gustaba permanecer en ella.

Cada noche sucesos extraños pasaban, cosas sin explicación y por más que les contaba a las enfermeras parecían no creerme; había algo allí, estaba segura de eso y esa voz que escuché en la carretera aquel día venía por mí... por la única que había salido con vida de aquel accidente. La pregunta era: ¿Por qué?

Pasaba todos los días buscando la forma de demostrarlo.

"Tienes que creer, tienes que ver, tienes que creer, tienes que ver" repetía en mis adentros una y otra vez.

Era lo único que me decía esa voz mientras miraba hacia todas partes y trataba de unir piezas del rompecabezas. Lo repetía en voz baja, a cada rato. Parecía estar volviéndome loca, pero esa voz no estaba en mi cabeza, estaba segura de que la había escuchado cerca. Si mi madre estuviera aquí, seguro me ayudaría a encontrar el significado.

Hace unas noches una mano fría y áspera me tocó el hombro, como si se tratara de alguien de avanzada edad, sus dedos se sentían arrugados, rasposos. Me repetía esa frase y aquello retumbaba en mi subconsciente desde entonces. Grité lo más fuerte que pude, pero las enfermeras no me creyeron, nunca lo hacen por eso necesito descifrarlo sola.

Mis ánimos bajaban y subían y por más que el doctor O' Neill se esmerara no lograba conseguir que naciera en mí motivación alguna. Tan frustrada me sentí que incluso algunos días no probaba alimento alguno ni tomaba los medicamentos.

Pasaba muchas horas despierta, mis ojos lo manifestaban, mis oscuras ojeras eran el resultado de la situación que afrontaba, no quería que me sedaran, no dejaba de pensar en mis padres, necesitaba verlo con mis propios ojos, necesitaba salir de aquí y debía estar en mis cinco sentidos para eso.

Escuché al doctor O´Neill hablar con la enfermera esta mañana sobre el accidente ocurrido, le decía que no creía en mí, pero tampoco quería descartar mi versión de las cosas. Ella le comentaba que atribuía mis ideas a recuerdos traumáticos de lo vivido o al golpe que sufrí en la cabeza.

—La otra noche iba por el pasillo haciendo la ronda como de costumbre y antes de terminar el turno pasé a su habitación, al abrir la puerta las luces se apagaron solas y pude ver una sombra con forma humana detrás de la cortina, no sé si lo que ella nos dice es cierto, pero sí sé que en su condición aún no puede caminar de esa manera —le comentó el doctor a la enfermera mientras ella lo miraba pensativa.

—¿Cree usted en esas cosas doctor? No sabía que era supersticioso— río la enfermera —me parece que todo eso es producto de la imaginación de las personas que se sugestionan de que algo malo siempre está sucediendo, yo que usted olvidaría el incidente.

El doctor se quedó pensando en el tema mientras enfocaba su mirada hacia el oscuro pasillo. Y no, no era supersticioso, pero todos estos sucesos lo mantenían preocupado. Tal vez eran solo sugestiones como lo mencionaba la enfermera, sin embargo, sabía que algo no encajaba en todo este halo de suspenso. Por tanto, esa era la razón por la cual se mantenía muy de cerca de su misteriosa paciente. Quería saber el origen de todo. O acaso …

El doctor O´Neill empezaba a encariñarse conmigo, eso era algo muy evidente en su trato, yo podía darme cuenta de que no le era del todo indiferente así que, porque no corresponderle al fin y al cabo toda esa ayuda me convenía, necesitaba tenerlo de mi lado, su defensa era de gran ayuda.

Las enfermeras se estaban dando cuenta de eso debido a la atención especial que me brindaba y al tiempo que pasaba conmigo, una de ellas me lo comentó entre líneas una tarde. Hice caso omiso de la situación ya que el doctor les contestó que solo hacia su trabajo y me tenía un especial aprecio por mi situación. Vamos que ninguna de ellas tenía porque saber lo que estaba pasando entre nosotros.

Cada mañana se empeñaba en traerme revistas, periódicos y conversarme sobre las noticias que acaecían en aquel lugar, era su forma de buscar una excusa para pasar tiempo conmigo y para, como bien lo decía, motivarme, sacarme de ese ambiente de tristeza y confusión que me acogía. Tanto tiempo juntos permitió que la atracción entre los dos floreciera y que pasara a un segundo plano.

Aquel hospital era cómodo y muy refinado, sin embargo, quedaba a un par de horas del lugar del accidente donde aquella noche había dejado mi alma, jamás volvería a ser la misma.

Sus noticias de tendencia no me importaban en lo más mínimo, aunque admito que me entretenía mucho leyendo revistas. Pasaba horas y horas recortando figuras de personas y las pegaba en una libreta que me trajo una enfermera luego de una sesión de terapia. Dibujaba algunas cosas y también dejaba mensajes. Todo lo que dibujaba estaba relacionado a mi vida, al accidente, a cada recuerdo que tenía de mi familia, dibujaba para no olvidarlos, para no dejar de percibir su presencia, para mantenerlos vivos, sentía que también podría servirme para descifrar lo ocurrido.

Guardaba cada detalle junto a mi móvil y los recortes de revistas debajo de mi almohada, sentía que cada dibujo era una parte de mi por lo cual no se los mostraba a nadie. Los mantenía ocultos de todos ellos.

El doctor O' Neill buscó un psicólogo para que me atendiera que tras dos o tres sesiones de sesenta minutos concluyó que mi tema se reducía a estrés post traumático debido al accidente. Pero luego de eso mi caso pasó con un psiquiatra porque el doctor O´Neill necesitaba ir más allá y evaluar un poco más mi comportamiento.

Este especialista utilizó sesiones de muchas preguntas y recetas de medicamentos que me hacían dormir mucho. Pues según lo que me decía me ayudarían a estar calmada y poder rebasar mi situación. No estaba muy de acuerdo con tomarlos pues me impedían mantenerme alerta, me hacían sentirme ajena a mi voluntad, cautiva de mis recuerdos dolorosos, víctima de mi tragedia, viva en aquel instante perturbador.

Conforme pasaban los días cada vez hablaba menos, a veces solo lo necesario. De hecho, con quién más confianza tenía era con el doctor que me visitaba cada mañana y cada noche para asegurarse de que estuviera progresando en mi tratamiento y de que me mantuviera con ánimos suficientes para continuar un día más. Valoraba mucho su esfuerzo y dedicación, pero ya nada parecía motivarme, no había una razón suficiente para querer seguir sin ellos.

No confiaba en las enfermeras, ni en los técnicos, ni el fisioterapeuta, no confiaba ni en el chico de la limpieza, me administraban medicamentos para inducirme el sueño y yo debía mantenerme despierta, no necesitaba este tipo de métodos, yo podía dormir por mis propios medios.

Por si fuera poco, la situación fue empeorando, los episodios de horror eran cada vez más seguidos y reales.

—Tienes que dormir Anastasia, no puedes mantenerte peleando con los medicamentos, no es sano. Sé que esto te afecta mucho pero ahora debes velar por ti y buscar fuerzas para rehacer tu vida.

—Doctor O´Neill, ya no hay nada para mi allá afuera, sé que me asignó un psiquiatra porque no me cree, no cree lo que veo. Usted también lo ha visto, la sombra de aquella noche. No me diga que no.

—No sé de qué hablas, Anastasia, creo que los medicamentos…

—¡No se atreva a decir que son los medicamentos!, sé lo que vi, ese horrible rostro, esas marcas, me producen escalofríos, dolores muy fuertes de cabeza, siento esa presencia muy cerca de mí y estoy sola en esto, ¿no lo entiende? ¿Cómo explica eso sin condición de salud que lo respalde?, usted mismo lo ha dicho.

—Creo que ya es hora de que duermas.

—¿Qué hay de esas visitas extrañas que a veces aparecen detrás de la puerta? Algunas me han dejado objetos, marcas en la piel, los he sentido. Usted no puede omitir eso. ¡Tiene que creerme! ¿Porque se empeña en buscarle otra explicación? ¡Ayúdeme!

No pude contener las lágrimas, mis palabras se ahogaban en aquel nudo en la garganta que jamás me dejaba.

Solo se limitó a observarme pensativo. Puso su mano sobre mi frente. Mi temperatura corporal estaba normal, eso le causaba mucho asombro al doctor, entiendo que quisiera buscar una explicación lógica, no lo culpo.

Me miró fijamente y luego abandonó la habitación dejándome sola con mi dolor.

Aquella noche experimenté nuevamente aquella presencia. Pasada la noche, muy tarde asumo por el cambio de turno de las enfermeras, la ventana comenzó a chirriar, aquello sonaba como unas uñas filosas sobre el vidrio que se escuchaban muy tenue pero que lograron alertarme, mi corazón latía fuertemente, intenté no moverme. El miedo se apoderaba de mí, mis gélidos dedos intentaban presionar las sábanas. Aquello se fue acercando hasta la cama donde sollozaba intentando guardar silencio. La piel se erizó, sentí como respiraba cerca de mi oído izquierdo. Cerré mis ojos pensando que, si la muerte rondaba mi vida, tarde o temprano la cobraría. No podía escapar de ella, venía por mí. A los pocos segundos volví a escuchar el sonido de las máquinas. Al parecer se había ido.

Esa noche, como era costumbre ya, tampoco pude dormir.

En esa habitación logré escuchar gemidos, sollozos y el rechinar de una mano áspera bajo la cama. Jamás me acerqué, no tuve el valor para enfrentarlo. Esos susurros sin sentido se fueron quedando en mi mente, sabía que intentaba decirme algo, quizás necesitaba descifrarlo, probablemente era mi única salida.

Necesitaba conservarme lúcida todo el tiempo. Me aterraba la idea de saber el origen, no sabía a lo que me estaba enfrentando.

Cierto día me quedé dormida a plena tarde. Mi sueño está vez fue algo extraño. Iba caminando cerca del lugar del accidente, de aquella carretera sombría. Podía verme dentro del auto. Todos estaban allí. Repentinamente vi las manos de alguien que se encontraba a orilla de aquel camino, pero papá no hizo caso y pasó de largo. Al hacer esto, mis ojos se nublaron y fue entonces cuando experimenté ese golpe tan fuerte que nos estremeció y nos mandó cuesta abajo hasta chocar con aquel árbol. Pasado un rato escuché voces, parecían personas que venían a rescatarnos, gritos de auxilio, ambulancia y equipos de rescate.

Escuché una voz que decía: "Creo que están muertos, aquí no hay nada que hacer, llamemos a la policía." Desperté empapada en sudor, todo estaba oscuro en la habitación, encendí la luz y respiraba agitada.

Aquel suceso fue lo más extraño que había soñado, fue tan real que llegué a pensar que estaba en ese lugar otra vez y que todo lo del hospital había sido producto de una pesadilla. Podía ser posible que eso hubiera pasado en el momento en que salí a pedir ayuda, tal vez eso fue una parte de la realidad que no viví. Pensaba confundida, tratando de hallar una explicación.

Desde niña siempre tenía sueños extraños, algunos de ellos solían predecir situaciones futuras, lograba identificarlos, pero nunca tuve uno que dejara en vilo y me mostrara tanta realidad como este. El hecho de que estuviera pasando mientras estaba inconsciente en el auto o en el hospital me resultaba perturbador. ¿Realmente eso pudo haber pasado?

Le hablé de aquel incidente al doctor Marco en las siguientes sesiones, a medida que relataba el suceso notaba como sostenía la mirada añadiéndole más curiosidad. Por lo que sabía el doctor tenía pocos pacientes y mi caso no le parecía muy común. En parte creo que quería saber cómo se acababa el cuento, pero también descubrir el origen de aquel trastorno con la finalidad de ayudarme, al menos eso esperaba.

Desde la segunda sesión había estado grabando todo: lo que hablaba, las respuestas que no daba, mis sonidos, gestos y gritos cuando empezaba a atosigarme con sus preguntas difíciles. Concluyó que tenía un trastorno de personalidad antisocial y que él necesitaba confirmar el detonante que causó ese efecto en mí, que lo más probable es que haya sido a causa del accidente.

Lo cierto es que su diagnóstico no iba más allá de lo que todos ya suponían; sin embargo, podía asegurar que esa no era la causa. No soy una sociópata ¿O acaso negarlo es uno de sus síntomas?

Muchas personas buscan darle una explicación científica a lo que no pueden explicar. Según mi criterio el mal existe, aunque no todos lo experimentemos, así como Dios existe, aunque algunos afirmen no creer en él.

Hoy no tenía muchas ganas de hablar y por más preguntas que el doctor Marco me hiciera, el doctor O' Neill siempre aguardaba afuera del consultorio.

Todo el tiempo me sentía cansada, mis terapias, como bien lo llamaba él, se intensificaban, así que comenzó a enseñarme cartas con dibujos. Yo veía con aburrimiento esos extraños dibujos hasta que llegó a uno que captó toda mi atención.

—¿Qué ves en esta lámina? —preguntó.

Parecía una sombra oscura, un monstruo deforme hecho de corteza de árbol y hojas frente a un animal pequeño en la noche, su reflejo o un raro paraguas escurrido por el agua de lluvia en medio de una oscura niebla, no lo sé.
Comencé a relacionarlo con las cosas que había sentido cerca de mí de pequeña, así que seguí mirándolo detenidamente con mucho temor. Luego me di cuenta de que él estaba al tanto de mis reacciones y traté de disimular suprimiendo lo que sentía. El doctor Marco me observaba cual científico a su experimento. Me sentí frágil.

Mis pupilas empezaron a dilatarse, tragué un nudo de saliva y comencé a inquietarme. Fingí sentir hambre o calor, pero sé muy bien que no lo podía engañar, en eso era el experto y estaba acostumbrado a ver este tipo de reacciones.

—Quiero preguntarte algo, Anastasia —dijo con mucha pausa— ¿Hace cuánto que ves o escuchas estas cosas que me describes?

Lo miré con incertidumbre y no quería hablar del tema así que sólo me limité a mirar las demás imágenes.

—¿Desde niña, cierto?

Levanté la mirada, sus ojos estaban clavados en los míos. No confiaba aún en él como para decírselo, para contarle la verdad. Aquella realidad de la que intentaba escapar.

—La enfermera habló conmigo esta mañana. Dime, ¿has estado soñando cosas que luego crees que sucederán? Necesito que confíes en mí, quiero ayudarte.

Yo seguía sin responder.

—¿Alguna vez has herido a alguien? … Anastasia.

¿Qué trataba de decirme?, pensé. Empecé a sentir cólera, ¿por qué me hacía esas preguntas? Es como si supiera algo más. Trataba de leer mi compleja mente. Nada.

La rejilla de la ventana de pronto se abrió, ambos miramos hacia allá y luego de frente. Bajé la mirada.

—No fui yo —fue lo único que dije.

El médico se quedó atónito. Empezó a hacerme más preguntas sin parar. No respondí a ninguna. Me alteré, me tapé los oídos y comencé a gritar.

Entró de inmediato el doctor O' Neill quien preguntó qué estaba pasando, cómo me sentía, qué quería. Dejé de gritar apenas me abrazó y de pronto levanté la mirada fija al doctor Marco. Él no paraba de mirarme, tenía esa mirada serena que hasta cierto punto me desconcertaba. Al decir verdad le empezaba a temer pues algo en él me recordaba muchas cosas de mi infancia. Sus ojos eran iguales a las de esa figura que se acercaba a mí noche tras noche.

Por órdenes del doctor Marco antes de ir a las sesiones debía haber tenido un descanso reparador y como no podía dormir me recetaba más medicamentos. Pronto comenzó a controlar en persona los que me proporcionaba la enfermera, que me suministraba una dosis mínima pero muy efectiva.

Una semana después cuando me tocaba la siguiente sesión lo encontramos tirado en el piso de su oficina. Todo parecía indicar que se había suicidado.
Cuando entramos a su consultorio el lugar estaba oscuro y acto seguido el doctor O' Neill encendió la luz, su cuerpo estaba tirado en el suelo en una postura rígida. Comenzó a llamarlo por su nombre, se apresuró a tomar sus signos vitales. Me miró. Llamó por teléfono para reportar el incidente.

Las enfermeras llegaron para ver la escena y comentaban entre ellas. El doctor Marco había desaparecido hace unas semanas y no contestaba los teléfonos ni siquiera se presentó a las sesiones programadas. Resulta que ahora estaba allí, en su oficina, muerto. Que extraño suceso.

—Es muy tarde, se ha ido. —dije con serenidad, tal vez una sonrisa apacible se dibujó en mi rostro.

El doctor me miró con inquietud y temor.

—No me mire así doctor. Tal como lo ve, el doctor Marco se suicidó… debía tener muchos problemas. ¿No cree?

Estoy despierta

"Nada es tan doloroso para la mente humana como un gran y repentino cambio".

Mary Shelley

Luego de las muchas averiguaciones realizadas a causa del suicidio o no del doctor Marco, todo parecía indicar que volvíamos a la normalidad excepto por algunas pistas que indicaban un final confuso y no permitían dar por terminado el caso.

El hospital estaba lleno de policías e investigadores, se paseaban por los pasillos vigilantes ante cualquier eventualidad para protegernos de quien quisiera hacernos daño, o al menos eso nos hacían creer.

Aquella mañana, mientras los enfermeros me preparaban para mi terapia de rutina, uno de ellos comenzó una interesante conversación, de hecho, era el tema principal en el hospital.

—No creo que sea así, mi querido compañero de jornadas, pienso que algunos están aquí situados estratégicamente para investigar sobre el caso, para hallar pistas de quién pudo estar involucrado en el asesinato del doctor Marco. Recuerda que él atendía pacientes de todo el hospital con diferentes trastornos—le comentaba el fisioterapeuta que me atendía a su compañero de turno.

—Bueno en eso tiene razón Licen. Nunca había pasado este tipo de cosas en el hospital, todo esto es aterrador. Esta situación ha causado mucha conmoción en los corredores, todo el mundo habla de eso — dijo el auxiliar mientras preparaba las tobilleras y muñequeras.

Escuché del mismo oficial que el psiquiatra se clavó el cuchillo repetidas veces hasta caer al suelo y morir minutos después. Dicen que sus huellas dactilares estaban allí y que lo encontraron a centímetros de distancia de su cuerpo. ¿Qué otra pista necesita para darse cuenta de que fue un suicidio?

—Que terrible muerte, pero no compañero, yo sinceramente pienso que algo no concuerda aquí, ¿sabes? — mencionó el fisioterapeuta muy asombrado con los comentarios.

—Bueno, le escuché decir por la radio que el personal de criminalística se mantiene en investigaciones, parece que están buscando más pistas. No me crea mucho Licen pero …era como algo así de que por la trayectoria de una de las cuchilladas, la dirección y el filo y no alcancé a escuchar que otras cosas más, el sospechoso era una persona zurda y el doctor Stefano era diestro me acuerdo muy bien. Siempre fallaba con los lanzadores zurdos en las ligas de beisbol.

—Así que todos los que sean zurdos en este hospital son sospechosos querido compañero. Eso es un buen filtro, entonces llamarán a la palestra a todos los zurdos que hayan tenido que ver con él de alguna forma.

Querido amigo, eres una grabadora, ojalá te supieras así los expedientes de los pacientes —rio. ¡Bueno, bueno, ahora sí, más acción y menos plática que tenemos muchos pacientes hoy!

—¿Qué pasa mi licen? Usted sabe que yo siempre estoy listo. Comencemos Srta. Anastasia, venga le ayudo.

Se dio la vuelta hacia mí para ayudarme a levantar.

Caramba... eso me incluye a mí, pensé. Aun así, estaba muy serena, sentía que por fin estaba en paz. Mis episodios habían dejado de aparecer desde la noche anterior a la que el doctor se suicidara, ¿Acaso tendría esto alguna relación?, no lo sabía y la verdad no quería atormentarme más. Por fin empezaba a sentir un balance luego de algunas sesiones con el doctor Marco, así que pensé que ya no era necesario acudir con otro, aunque el doctor O´Neill me lo quisiera imponer.

Algunos estudios arrojaban que el doctor Marco pudiese haber estado bajo los efectos de sustancias tóxicas, aunque aún trabajaban en esclarecer el orden de los hechos.

Había detectives y policías por todo el hospital, se logran identificar por su mirada acusadora, reflejan mucha paciencia y son demasiado observadores. Buscaban al culpable y no se irían hasta hallarlo.

Desde el accidente de mi familia, no había podido conciliar el sueño por mí misma, creo que mi cuerpo se había acostumbrado a los medicamentos; pero el doctor O' Neill, quien siempre estaba muy pendiente de mí, se encargaba de que poco a poco fuera bajando la dosis para no crear dependencia, pues ya llevaba meses aquí y tarde o temprano me darían de alta del hospital.

Él creía firmemente en que iba a recuperarme y volvería sana a casa... Lo cierto es que volver a casa era lo que menos ansiaba. Mi familia ya no estaba, mi pariente más cercano estaba a miles de kilómetros de aquí y no planeaba ser una carga para ellos. Si continuaba con mi vida, debía hacerlo sola, empezar de cero, otra vez.

Comenzaba a sentir que estaba destinada a no tener a nadie a mi lado, pero había aprendido en el camino que la felicidad no era para siempre, que era mejor disfrutarla en el momento antes que se desvaneciera al siguiente segundo.

Aunque a veces parecía una tortura, estar en el hospital era lo mejor que me había podido pasar. Sin embargo, entendía ahora mi única persona cercana era el doctor O'Neill quien empezaba a encariñarse conmigo. De hecho, actuaba como mi tutor ante las investigaciones y me había conseguido un buen abogado, amigo suyo que aceptó con todo gusto. Me alegró mucho saberlo dado que ahora no tenía los recursos para pagar uno, aunque la verdad estos procesos de abogados era algo que desconocía totalmente.

Terminada la sesión de terapia volví a mi habitación. Al poco tiempo entró uno de los detectives encargados del caso de asesinato. Miraba con mucha atención mis gestos y mis manos, se presentó y me hizo algunas preguntas sobre mi estado de salud, verificó el expediente no sin antes ser advertido por el doctor O' Neill que el abogado que había obtenido para mi defensa no se encontraba aún presente y debía esperarlo antes de comenzar. Se retiró para llamarlo por teléfono y nos dejó solos en la habitación.

El detective se giró hacia mí.

—Soy el detective Montero. Quisiera hacerte algunas preguntas sobre la noche anterior al asesinato, Anastasia, espero que no te moleste.

—Por supuesto que no, detective. Hágalas. Mi abogado no debe demorar en llegar.

— Los resultados de los exámenes de autopsia y demás determinaron que el doctor no murió de forma inmediata, sino más bien entre las tres y cinco de la madrugada. Anastasia, ¿dónde estabas la noche anterior al asesinato del doctor Marco Stefano, psiquiatra de este hospital, entre las dos y las cinco de la madrugada? Sé que pensarás que a esa hora todo el mundo debería estar dormido en este hospital, excepto por el personal de enfermería y doctores. Pero quiero saber, a ciencia cierta, si es común que te despiertes a medianoche o que decidas, no sé, caminar por el hospital, los consultorios, tal vez —dijo mirándome a los ojos con una seriedad absoluta.

Bajé la mirada y pensé, ¿Acaso está culpándome del asesinato? No tuve nada que ver. Tal vez solo hace su trabajo.

—En realidad, detective, suelo tomar medicamentos para dormir así que no podría estar despierta a esas horas.

—Sí, eso pensé. A menos que no tomaras los medicamentos —dijo con voz firme. Lo miré atónita y pensativa.

—Sabes, Anastasia... Esta mañana te practicaron un examen de sangre que reveló que no existen rastros de medicamentos en tu cuerpo. Si llevas meses en este hospital tomándolos para dormir, pues comprenderás que es muy común que tengas altas concentraciones de esos compuestos en la sangre e incluso eso afectaría tu capacidad de estar alerta durante el día —dijo moviendo su cabeza hacia un lado, esperando una reacción de mi parte.

Debo admitir que no esperaba un comentario como ese, me quedé boquiabierta, puse mis manos debajo de las sábanas y miré hacia un lado. No sabía cómo contestar esa pregunta.

—Te veo muy despierta... ¿Hay alguna razón para que no estés tomando tus medicamentos Anastasia? —preguntó el detective.

—Estoy tratando de dejarlos para cuando salga de aquí—le dije— el doctor está al tanto de ellos, puede preguntarle a él, sabe todo sobre mi caso.

—No me convence tu respuesta —dijo acomodándose en la silla que había tomado cerca de la ventana y colocado frente a mí.

—Tenga la plena seguridad de que es así, detective. Aún camino con muletas, las terapias me están ayudando muchísimo, jamás podría hacerle daño a alguien en este estado, aunque lo quisiera.

A medida que me realizaba preguntas empezaba a sentirme más cómoda, no disimulaba ni un poquito lo indiferente que me era la muerte del doctor Stefano y eso parecía hacerlo sospechar de mí aún más. Después de un rato, finalmente se marchó de la habitación.

El doctor O' Neill por más que se esmeró en ayudarme, no pudo sostener que sabía con exactitud si me encontraba en la habitación, ya que ese día no estaba de turno en el hospital. Asumía que estaría durmiendo a esa hora en mi habitación situada dos pisos más arriba de la oficina de psiquiatría.

El doctor era el único que sabía que había disminuido mis medicamentos y que ya no suministraba la cantidad suficiente para dormir. Esto me hacía estar más alerta, despierta por las noches. ¿Cómo tendría la fortaleza para matar a una persona alguien tan débil y pequeña como yo?

Solo observaba lo que ocurría en el hospital entorno a la investigación, que parecía tener a todo el mundo atónito y a la expectativa de que se resolviera el crimen. Ninguna prueba apuntaba a mí, excepto por las sospechas de uno de los detectives a cargo quien iría tras cualquier pista con tal de conseguir una prueba contundente para hallar al asesino.

El doctor O' Neill fue interrogado esa semana, pero por más que le pregunté no quiso decirme una sola palabra. Me desconcertó ya que últimamente nos teníamos mucha confianza.

Mis terapias cada vez avanzaban más, pronto caminaría sin el uso de la muleta y eso me alegraba mucho. Al fin estaba volviendo a tener mi vida normal, aunque parecía que ya no tenía una.
Pasaba mucho tiempo del día sentada en el parque del hospital Saint Nicholas, es un lugar grande con un hermoso jardín y áreas verdes, me la pasaba sola recorriendo sus aceras, sintiendo esa suave brisa correr por mis mejillas, buscando la serenidad que necesitaba, dejando atrás recuerdos que me hacían daño y observando a la gente pasar de un lado a otro. Analizaba sus gestos, sus ademanes y el sentimiento en sus miradas, la felicidad en los rostros de algunos y la agonía en otros.

Algunas veces las enfermeras se sentaban a mi lado para hacerme compañía en busca de un tema de conversación, lo que resultaba en vano porque me costaba mucho trabajo abrirme a las personas. No me inspiraban.

Algunas eran cariñosas y tenían mucha paciencia, otras solo estaban por cumplir sus horas de trabajo. No las culpo, atendían muchos pacientes, buenos y malos. Dejaba que se sentaran a mi lado. Podía escuchar sus opiniones mientras miraba al horizonte. Aquel busto del obispo que daba nombre a este lugar. Pensaba una y otra vez en el accidente, repasaba en mi mente escena por escena tal película de terror, tratando de pensar cómo pudo pasar, qué hice mal. Añoraba ver sus rostros, deseaba saber qué estuviéramos haciendo en estos momentos si mi familia estuviera con vida. Mi alma quemaba como fuego y el nudo en mi garganta no me abandonaba porque ahora existían solo en mis recuerdos y tenía miedo de olvidarlos, olvidar cada detalle de mi vida junto a ellos.

Un policía asignado a mi caso se mantenía realizando investigaciones de lo que parecía resuelto como un accidente más de tránsito por descuido y exceso de velocidad. Sin embargo, para él había algo que no concordaba en todo eso.

Algunas veces fue a visitarme, pero cuando empezaba a recordar ese lamentable suceso los dolores de cabeza se apoderaban de mí, sangraba por la nariz y en otras ocasiones me daban ataques de ansiedad hasta que el doctor o alguna enfermera iban en mi auxilio con algún calmante para hacerme dormir.

Esos días estaba despierta a toda hora, quizás me estaba volviendo loca tratando de encontrar la causa del accidente y tratando de adivinar por qué me sentía tan culpable por eso.

Mientras respiraba un poco de aire fresco en el jardín del hospital recibí un mensaje en mi móvil y decidí devolverme a la habitación temprano.

Él me visitaría esa noche.

Nadie puede descubrirnos

"No deseo que las mujeres tengan poder sobre los hombres sino sobre sí mismas"

Mary Shelley

Regresé a mi habitación con apoyo de mis muletas, poco a poco mi cuerpo se estaba recuperando y en mis terapias se notaba mi claro progreso, pero psicológicamente me sentía devastada, nerviosa, ansiosa.

Llevaba varios meses en el hospital y era de esperarse que muchas personas me conocieran, no precisamente porque fuera el alma de la fiesta, creo que era porque habían escuchado sobre mi caso. Para algunos, por no decir que, a la mayoría, les conmocionaba mucho el accidente de mi familia, me miraban con lástima y hasta hacían comentarios algo incómodos e inoportunos que trataba de evitar para concentrarme en mi recuperación. Algunos otros me miraban de forma misteriosa, mi presencia les desconcertaba, quizás se había corrido la voz por los pasillos del hospital de que también era sospechosa de la extraña muerte del doctor.

En fin, pensaba todo el tiempo en lo que haría después de salir de aquí. El doctor O' Neill intentaba buscarme un psicólogo para ayudarme a afrontar la muerte de mi familia y canalizar mi dolor de la mejor forma, yo sabía que ninguno podía ayudarme. Sabía que eso era lo que tenía que hacer, pero no tenía las fuerzas, me sentía vacía.

No fue mi culpa, debía aceptar todo lo ocurrido como parte de mi nueva yo y vivir con eso de allí en adelante. También empezaba a adoptar aquella extraña presencia como mi karma y mi compañera para combatir la soledad.

Cuando llegué a mi habitación me recosté un rato. Estuve mucho tiempo afuera, había mucho sol esa tarde.

Dormía alrededor de tres a cuatro horas, no probaba bocado casi nunca, a veces solo me mantenía acostada con la mirada perdida pensando muy lejos. A veces recordaba con detalles a las personas que había visto ese día y las cosas que decían; analizaba, intentaba recordar las palabras de mi madre. Quería respuestas.

Esa noche él fue a mi habitación.

Las veces que me visitaba llegaba pasadas las nueve de la noche cuando había menos personal rondando por los pasillos del hospital. Con cuidado, abría la puerta y entraba a la habitación procurando no hacer ningún tipo de ruido.

Me despertó con una suave caricia en mis mejillas, abrí los ojos, lo miré y sonreí. Me agradaba mucho verlo y que me visitara; me daba seguridad tenerlo cerca de mí. Me senté sobre la cama y poco a poco me senté en la orilla de la cama. Él me admiraba con esos ojos de mar y yo, su porte, su caballerosidad y su fuerza.

Nos besamos con tanta pasión cual pareja de enamorados, él me cubría entre sus brazos con fuerza mientras que acariciaba su cabello, su espalda. Sus besos eran cálidos, apasionados y continuos como buscando desahogarse en mi cuerpo una vez más. Sus manos, poco a poco, fueron por debajo de mi bata, descubrían mi piel desnuda mientras empujaban mi cuerpo hacia él con firmeza.

En ese instante no existía más nada, no se escuchaba nada en esa habitación más que la respiración desesperada de nuestros cuerpos. Sus caricias y besos por todo mi cuerpo me hacían sentir tan suya, sus labios dulces, suaves y atrevidos besaban mi piel desde mi cuello hasta mi ingle haciendo que mi mente volara. Su cuerpo pedía a gritos ser amado y el mío lo consolaba.

A mis diecisiete años y con mi poca experiencia nunca había conocido a nadie que me tomara con tanto deseo y fuerza. Aquella fue la mejor de todas las noches junto a él, disfruté cada segundo a su lado, extrañaba su piel, tan cálida y tersa, mucho antes de que se fuera, sin saber que a partir de allí muchas cosas cambiarían. Me había convertido en alguien especial para él, esa pequeña niña sola en el mundo a la cual tenía que salvar, se estaba enamorando de mí y sentía que le correspondía, sin embargo, él era parte de una estrategia.

A pesar de todos los problemas que tenía y de las múltiples entrevistas que daba a los investigadores sobre el caso del asesinato, siempre estaba dispuesta para él; por más cansada que me sintiera, él siempre acudía a mí sin excusas, sin palabras, solo con caricias intensas.

Confiaba en él como en ninguno y él en mí, ciegamente. Empezaba a descubrir una nueva etapa de mi vida que cada día crecía más y aunque debía mantener esto en secreto por el bien de ambos, mi mente no conocía límites cuando estaba entre sus brazos.

La luz tenue de la luna se asomaba por la ventana e iluminaba el piso de mi habitación, testigo de dos siluetas amándose en la oscuridad de la noche. Disfruté de su compañía un largo rato, luego de aquello no hablamos sobre nada en especial, ni siquiera sobre el asesinato del psiquiatra. Cuando se fue de la habitación estaba casi dormida, pero pude escuchar lo que susurró:

—No quiero perderte, mi niña, pero debo hacer lo correcto.

Entreabrí los ojos tratando de deducir a que se refería, pero el sueño me venció.

A la mañana siguiente todo fluyó con normalidad, despertaba por lo general a las ocho de la mañana, me descubría por ratos mirando por la ventana de la habitación sin rumbo fijo, mi corazón solo sentía tristeza, nostalgia, me cuestionaba si había hecho lo correcto, dudaba de mis actos.

Luego de tanto pensar sobre lo inútil y desdichada que era mi vida, volteaba mi mirada hacia la mesa donde un desayuno tibio me aguardaba, trataba casi siempre de comer algo, aunque muy poco.

Por las mañanas me gustaba dibujar sentada en la mesa frente a la ventana, desde ahí podía mirar el verdor de las hojas de los árboles de aquel parque fresco y tranquilo del hospital, las personas caminar por la acera y la entrada del edificio, era mi mayor ventaja.

Mientras observaba a los demás pacientes pasear por el parque sonreí recordando aquel sueño en el que me hallaba junto a mi familia, rebosante de felicidad.

La entrevista

"La emoción más antigua y fuerte de la humanidad es el miedo, y el miedo más antiguo y fuerte es el miedo a lo desconocido."

H.P. Lovecraft

Habían pasado semanas desde el entierro del psiquiatra cuando el detective se encontraba aquella mañana tocando a la puerta de mi habitación. Yo estaba sentada en la mesa junto a la ventana cuando escuché tocar a la puerta y decidí recostarme en la cama. Reconocí su voz de inmediato. La última vez que lo vi respondí a sus preguntas sin la presencia de mi abogado y esta vez no me pasaría lo mismo.

—Buenas tardes, jovencita, soy el detective Montero. Sé que me recuerda —dijo entrando a la habitación.

—Sí, claro. Dígame en que puedo ayudarle —dije con voz pausada y tranquila mientras me acomodaba en mi cama.

—Me gustaría hacerle otras preguntas sobre la muerte del doctor Marco Stefano. Su psiquiatra. Estoy seguro de que usted tiene información relevante que puede serme muy útil. Sabemos que uno de ustedes es el posible asesino y por tanto todos son sospechosos. Pero si me lo pregunta, su conducta tan fría me parece más que sospechosa.

Luego de una mueca de desinterés sobre su comentario, respondí:

—No sé de qué me está hablando, no tuve nada que ver con su muerte —le dije con voz seria y tajante. Acaso usted habló con mi abogado, no debo contestar a sus preguntas sin la presencia del licenciado.

—Solo una cosa más antes de retirarme. ¿Cómo sabía que había muerto al entrar a la oficina? ¿y que llevaba alrededor de cuatro horas muerto? —preguntó curioso.

Lo miré a los ojos, bajé la mirada y luego la detuve en su libreta.

—Yo no lo sé. Algo me lo dijo, lo intuí al entrar a la habitación —comenté, sabiendo que ese dato solo se lo pudo haber dicho el doctor O' Neill.

—¿Intuición dices...? Vaya. —Caminó hacia la cama y se agachó un poco para estar cerca de mi rostro. — Conseguí la autorización para revisar tu expediente y el de los pacientes del día anterior. Pero el tuyo fue el único que me sorprendió. ¿Quieres saber por qué? O... ¿Eso también lo sabes por intuición, Anastasia?

Por un momento me quedé pensando.

—Dígame, detective Montero... quiero saber que le sorprende de mi caso —le dije con tono desafiante mirando hacia el frente.

—Llegaste aquí por un trágico accidente que aún no se termina de esclarecer. Desde entonces llevas 2 meses y un par de días recuperándote y sé por las enfermeras que pronto saldrás de aquí. Tu perfil tiene algo que me llama la atención. A propósito, siempre te notas muy segura. Qué extraño, tu actitud cambia cuando el doctor O' Neill está presente — mencionó.

¿Eso sería un comentario sarcástico o de curiosidad?, me pregunté mientras observaba sus gestos, sus reacciones, creo que el detective también analizaba las mías. Luego de una pausa contesté.

—Sin tener nadie junto a mí, ni siquiera un abogado presente que me respalde en cada cosa que digo, comprenderá que, como bien lo dicen ustedes... "todo puede ser usado en mi contra", sobre todo, si usted graba todo lo que digo.

Después de observarme un rato, parecía afirmar que lo que acababa de decir era cierto, miró hacia la puerta, camino unos pasos hacia ella como si fuera a retirarse y luego se detuvo. Algo lo hizo cambiar de parecer y regresó a un costado de mi cama, se sentó en el sofá con esa mirada fija en mis ojos y con cierta reacción de disgusto tal vez porque lo había descubierto grabando mis conversaciones con él.

Miró su reloj y continuó.

—Tu expediente era el único que estaba fuera del cajón, con una nota que decía "Hablar urgente con el doctor O' Neill". ¿Es el doctor que está a cargo de tu caso no es cierto? —preguntó.
Mantuve silencio.

—También tenía anotaciones sobre las últimas sesiones grabadas contigo, grabaciones a las cuales no pude acceder... por ahora, ya que necesito una autorización más para eso, pero ya la estoy gestionando con mis superiores —dijo con una sonrisa malvada.

Abrió su portafolio, sacó una libreta, buscó en ella y comenzó a leerla:

—Frases como: "Trastorno de la personalidad antisocial" —levantó su mirada hacia mí, tal vez para ver mi reacción ante lo que acababa de decir. Continuó:
Tengo una pista muy importante aquí: Extracto de la sesión número 5 de Anastasia:

"Miento todo el tiempo doctor, usted no lo entiende. De hecho, no puedo sentirme mal por hacer algo que no recuerdo, que no siento que hice".

Volvió a mirarme, intentaba mantener una actitud serena a pesar de que el detective estaba husmeando demasiado.

Continuó leyendo:

—"Análisis de hoy: Oculta lo que hace, constantes sueños sobre comportamientos psicópatas, testimonios sobre entidades o seres extraños que la visitan, asocial, habla poco, no duerme, posible detonante... Trauma por accidente, pérdida familiar, soledad y conducta depresiva".

¿Te suena eso familiar, Anastasia? —se acercó a mí con esa mirada interrogante.

Mantenía mi mirada hacia adelante algo perdida, analizaba cada palabra que había mencionado. ¿Habría tenido acceso a más información? Pensé, ¿Qué más sabía acerca del diagnóstico dado por el doctor Marco? ¿Podría el doctor Stefano estar equivocado?

Moví la cabeza hacia él y le seguí la mirada. No dije ni una sola palabra. No iba a decir nada sin un abogado y me sentía hostigada.

—Sé que ocultas algo, Anastasia, y puedes estar seguro de que voy a averiguarlo —Su voz denotaba mucha seguridad.

—Si fuera cierto lo que lee, detective, eso no prueba nada. Ni siquiera me relaciona con el asesinato. No deje que el malestar que siente hacia mí nuble su juicio en este caso —comenté serena.

Iba a decirme algo cuando...

—Buenos días, permiso. Disculpe detective, pero necesito llevarme a la paciente a su terapia de la mañana —dijo el asistente de fisioterapia que me habían asignado.

—No se preocupe, de todas formas, ya tengo todo lo que necesitaba por el momento. Vendré otra vez cuando tenga más pistas —mencionó el detective.

El asistente se sintió incómodo, al parecer pensaba que era una visita común, no se había percatado de que un policía estaba indagándome sin el debido permiso. Unos segundos después de observar la escena trajo una silla de ruedas.

El detective se levantó y se acercó a mi rostro. Moví la cabeza para mirarlo.

—Pareces muy astuta, Anastasia, tienes toda la razón, con ese diagnóstico no puedo probar si asesinaste o no al doctor Stefano, pero quisiera saber que ganarías tú con su muerte, qué razones podrías tener —soltó una sonrisa burlesca— Que tengas buen día Anastasia y no te preocupes, esto apenas comienza —luego se retiró de la habitación.

Lo seguí con la mirada hasta que salió por la puerta. Me sentí un poco incómoda con esa entrevista tan intimidante. El asistente se quedó atónito mientras me miraba. Pero el detective jamás logrará inculparme.

Debo detenerlo

"¿Dónde va un pensamiento cuando se olvida?"
Sigmund Freud.

Eran las 2:30 de la madrugada y no podía dormir. Estaba tratando de dejar las pastillas. Sobre todo, porque sabía muy bien que alrededor de esas horas era cuando empezaba a percibir extrañas visitas o sensaciones cerca de mí y necesitaba estar alerta.

Tenía una pequeña lámpara encendida en mi mesita de noche, estaba recortando figuritas de personas con rasgos distintos, figuritas de las nuevas revistas que el doctor O' Neill me había traído esa semana. Desde que tenía mes y medio en el hospital empezó a traerme revistas, me entretenía mucho con eso, me despejaba la mente y la mantenía alejada de mis demonios.

Ya casi terminaba de ojear la revista cuando de momento empecé a percibir algo. Era un sonido muy leve que luego comenzó a intensificarse, escuchaba casi sin parpadear, pasos muy cerca de mi habitación. Intenté no prestarle atención y tomé otra revista de la mesa cuando escuché una puerta rechinar, me paralicé a la expectativa de lo que iba a suceder.

Alguien más se iba esa noche, podía sentirlo, no sé cómo. Cuando las personas se van sus almas empiezan a vagar por el pasillo de este hospital, como si se despidieran de él, o como si tratasen de llevarse un último recuerdo de su existencia. No escuchaba nada más alrededor, solo sus pasos lentos y débiles alejarse en la penumbra, envolviéndose en el silencio mientras se adentraban en aquella oscuridad.

Vi una luz que se colaba por la rendija de la puerta, al parecer venía del pasillo, ¿quién podría ser?, necesitaba averiguarlo, tal vez no estaba sola. Así que dejé las revistas a un lado, me quité las sábanas, recuerdo que hacía mucho frío esa noche; bajé poco a poco de mi cama tratando de no lastimarme, el botín que usaba pesaba demasiado para mi tamaño y traté de llegar a la puerta para asomarme por el pasillo con mucha cautela cuando de pronto escuché el timbre de un celular.

—Hola, sí. Dígame, enfermera... claro, ya voy para allá, necesito hacer una visita antes, deme cinco minutos y subo.
—Era la voz del doctor O' Neill que, al abrir la puerta, se percató de que estaba frente a ella dispuesta a salir.
—¡Anastasia! ¿Qué haces despierta a esta hora? ¿Por qué no estás en tu cama? ... ¿Acaso pensabas ir a alguna parte?

—Doctor... escuché...

—¿Qué escuchaste?

—Es que...—Sabía que no me creería así que decidí no decir nada—. No fue nada, no podía dormir, es todo —le dije.

—Necesito que hablemos y esto es muy grave —dijo cerrando la puerta— El detective que lleva el caso del asesinato al parecer ha recabado una serie de pistas que te relacionan a la muerte del psiquiatra. De hecho, estuve examinando con él las anotaciones del doctor en tu expediente sobre las sesiones que te realizó. ¿Dime que no es posible que tú hicieras algo así? Necesito estar seguro de eso, Anastasia.

—¿En verdad crees que lo hice? —le dije con mirada melancólica y triste, me asombró que dudara de mi— ¿Crees que soy culpable?

—Si de algo estoy seguro es que, si no fuiste tú, al menos sabes quién lo hizo. Anastasia no podré encubrir esto, no puedo más —me susurró tomándome del brazo y llevándome de vuelta a la cama, luego se sentó a mi lado—. Por favor, dime la verdad, necesito saber qué fue lo que pasó.

—Doctor... El detective solicitó acceso a las grabaciones de las sesiones donde hablo sobre el accidente, no puedo permitir que él las vea. Necesito hacer algo para detenerlo— le dije preocupada.

—¡No, Anastasia! Es suficiente, no permitiré eso. Mira si esas grabaciones que mencionas contienen algo que te involucre de alguna forma con el asesinato no podrán hacerte nada. Si insistí en que fueras paciente de psiquiatría fue precisamente para protegerte en caso de que se indagara más sobre el accidente. No fue tu culpa, necesito que creas eso. Si fueras otro paciente no haría esto, lo sabes, pero no quiero perderte. No dejaré que te alejen de mí.

—¿Y qué harás para que eso no pase? —le pregunté. Se levantó de la cama y caminó hacia la ventana.

—Puedo apelar a tu condición psiquiátrica como medio para que no te hagan daño. Además de que ya no eres una menor de edad, la situación se manejaría diferente. De hecho, ellos lo saben, solo quieren dar con el asesino. —Se sentó a mi lado— Si te llegaran a culpar por algo, solo irías a un sanatorio y alargaría el proceso para solicitar sacarte de ahí y llevarte a un hogar temporal. No dejaré que te hagan daño, mi amor, ¿lo sabes verdad? —dijo mientras acariciaba mi mejilla.

Un oficial de policía pidió hablar contigo mañana, lo autoricé a verte porque se vería mal si no cooperas con la investigación. ¿Está bien? Notifiqué al abogado para que esta vez esté presente. No permitiré más hostigamiento en tu contra.

Asentí mirándolo con preocupación, no quería ir a un sanatorio, estar con esas personas, no era una de ellas y hasta cierto punto me abrumaban las entrevistas.

Para algunos todo lo desconocido está fuera de cabales, para otros se vuelve un reto, una puerta hacia un mundo que aparenta ser inexplicable… aún.

Las cosas que tuve que hacer fueron necesarias y nadie ni siquiera el mismo doctor O' Neill las debe saber, por eso es vital que ese detective deje de investigarme, la pregunta ahora es ¿cómo?

Si le confesé al dichoso psiquiatra algunos sucesos sobre mi vida y las situaciones por las que he pasado y he sido testigo, fue porque él me dijo que nadie más lo sabría y que me ayudaría para que ya no me atormentaran más, y así fue, pero después de su muerte estaban volviendo otra vez. El doctor Marco no me cumplió, quiso decírselo al doctor O' Neill para alertarlo.

—Bueno, debo irme. Tengo que ver a unos pacientes en el piso catorce. Anastasia, necesito que te mantengas relajada con este tema, ¿entendido? No puedo permitir en ninguna circunstancia que me relacionen contigo, si lo descubren no podré ayudarte más. Y hazme un favor, no salgas de la habitación— dijo.

—No iba a salir, solo iba a asomarme. Estaré bien, mi doctor, no se preocupe —lo miré con picardía.

Salió de la habitación alejándose con rapidez por los pasillos mientras me quedaba sola ideaba una forma para zafarme de ese pequeño problema.

¡Contesta, Anastasia!

"Se encuentra frente al gran misterio... Al que hace temblar a la humanidad desde su origen: ¡lo desconocido! "
Gastón Leroux

Me disponía a salir al parque como todos los días antes de mi terapia matutina cuando entró a mi habitación un oficial de policía.

—Buenos días, ¿Es usted ... Anastasia Saint Chainz? —preguntó.

—Sí, soy yo, ¿Y usted es...? —pregunté inquieta.

—Soy el oficial Morales, estoy a cargo de la investigación del accidente de sus familiares. ¿Puede usted tomar asiento un momento? Necesito hacerle unas preguntas, seré breve —dijo pasando a la habitación mientras cerraba la puerta.

Me quedé helada. No sabía que ese caso aún seguía abierto. Pensé que ya solo estaban esperando que el caso se archivara. El doctor O´neill me habló sobre la investigación, pero no pensé que fuera por el accidente.

—¿Srta. Saint Chainz?

Me di la vuelta y regresé a la cama. El oficial tomó una de las sillas que estaban al lado de la mesa y se dispuso a sentarse. Parece que la conversación va a demorar. ¿Dónde se supone esta el abogado que nunca llega cuando lo necesito?

—Sí, oficial, dígame... ¿Qué necesita para cerrar el caso? — le dije esperando que me diera información.

—El caso no se cerrará aún, primero debemos poner tras las rejas al culpable —me increpó.

No pude ocultar mi expresión de asombro y preocupación. Había bajado la barra de la cama para sentarme, pero me quedé inmóvil.

—¿Sorprendida? ¿Pensó que el caso se cerraría sin que intentáramos investigar más? —preguntó con mirada cuestionante.

Junté los labios y cambié la mirada. Hice una expresión de negación un poco falsa.

—En realidad pensé que habían cerrado el caso, fue un accidente. No entiendo por qué buscar un culpable, ¿Qué hay del auto que nos chocó?

—No, al parecer no fue solo un simple accidente como parece. Y no existe tal auto.

Estaba sorprendida, no sabía que quería decir con eso.

—Dígame, Srta. Anastasia ¿sabe usted por qué razón el auto de sus padres tenía los cables de freno cortados? ¿Por qué razón usted era la única persona en el auto que llevaba puesto el cinturón de seguridad? Sus huellas están por todas partes.

—Oficial, intenté salir del auto cuando desperté, es normal que...

—Parece un tanto extraño que usted fuera la única persona en sobrevivir a ese trágico accidente ¿no cree? —increpó.

—Bueno — intenté decir algo, pero...

—Y dígame.... ¿Por qué mientras pudo sacar al menos a uno de ellos decidió esperar a que el auto explotara? Si según investigaciones realizadas usted tuvo al menos varios minutos antes de que eso pasara. El humo que salió del vehículo tuvo que haberle alertado.

Empecé a perder la serenidad y lo miraba inquieta. Mis manos comenzaron a sudar frío entonces las metí debajo de las sábanas.

—Dígame, Srta. Saint Chainz... ¿Por qué no nos había comentado que fue paciente de psiquiatría cuando pequeña y que el asignado se suicidó dos meses después?

Empecé a inquietarme aún más, estaba nerviosa, no sabía que contestar. Su mirada acusadora me estaba incomodando demasiado. Nunca me había sentido tan intimidada.

—Dígame —comentó acercándose a mí— ¿por qué intentó hacerle daño a su madre cuando era adolescente? Me quedé inmóvil. Creo que no pude ocultar más la expresión en mi rostro. —¿Por qué no nos dijo que es adoptada? ¡Responda!

Seguía inmóvil, los ojos se llenaron de lágrimas, estaba nerviosa, pero a la vez molesta y no podía creer todo lo que estaba escuchando.

El doctor O' Neill iba entrando a la habitación con mi abogado y ambos escucharon todo. Él desconocía que no quise sacar a nadie del auto, dejé que murieran todos en esa explosión con la justificación de que había quedado aturdida por los golpes y salí a pedir auxilio con una fuerte herida en la pierna.

Solo agaché la cabeza respirando agitada, no podía hacer más nada. No podía hablar, no iba a hacerlo. No ahora. Mi mente suele traicionarme algunas veces. Cada día lucho contra ella. No puedo dominarla. ¡No lo entienden!

—Sr. Policía detenga su interrogatorio. Soy el abogado Scott McAbbe, abogado criminalista. Estaré llevando el caso de la Srta. Anastasia Saint Chainz. Todo lo que desee preguntarle lo hará a través de mi y en mi presencia — dijo mientras el oficial se le acercaba — Con mucho gusto y si no tiene inconvenientes, quisiera ver las pruebas en que pudiera basarse para señalar a mi defendida como sospechosa. ¿Me permite?

Lo condujo a salir de la habitación dejando al doctor O' Neill solo frente a mí.

—¿Es eso cierto, Anastasia? —preguntó acercándose a mí— ¡Responde! Veo que eres muy buena ocultando la verdad, ¿no es cierto?

Estaba muy enojado, nunca lo había visto reaccionar así. Lo miré con los ojos rojos, enfurecida. A los pocos minutos ingresó nuevamente el oficial a la habitación.

—No diré nada —le dije.

—Tal vez no diga nada, Srta. Anastasia, pero estoy seguro de que lo hará. Queda bajo custodia policial por el presunto homicidio de sus padres, hermana y primos. Y por el homicidio de Margaret Campos, su cuñada —dijo con serenidad el oficial.

—¿Qué cosa? No puede hacer eso —dije.

— Tiene derecho a guardar silencio. Cualquier cosa que diga puede ser utilizada en su contra en un tribunal. Tiene derecho a tener su abogado presente, y si no puede costearlo más, el estado le proporcionará asistencia legal pública.
Guardias, ¡llévensela!

—No te preocupes Anastasia, voy a arreglar esto — mencionó mi abogado mientras observaba los papeles en sus manos — No respondas a ningún interrogatorio más sin que yo esté presente, ni firmes ningún documento sin que yo lo haya revisado primero. No opongas resistencia, todo saldrá bien.

Dos guardias entraron a la habitación dispuestos a llevarme con ellos. Estaba asustada, respiraba muy profundo y miraba al oficial con mucha furia. Me levanté de la cama para tratar de ir hacia él, pero el doctor O' Neill me detuvo.

—¡Basta Anastasia! detente. Debes ir con ellos. —Se acercó a mi oído para decirme—: Más vale que todo lo que diga el oficial sea mentira, Anastasia, jamás, escúchalo bien, jamás te perdonaría si esto es cierto.

Sus palabras me dolieron. Sentía que estaba perdiendo la fe en mí y eso no me convenía en estos momentos.

Dos guardias fornidos y altos, muy bien armados me tomaron de los brazos y me colocaron las esposas. Casi no podía ponerme de pie. Empecé a gritar por todos los pasillos del hospital, pero luego me tranquilicé porque entendía que debía mantenerme en calma y comencé a pensar. Por momentos mi conciencia me planteaba ideas y por otros me sentía satisfecha, recompensada.

Mientras me llevaban casi a rastras por las escaleras empinadas de la entrada del hospital hacia la auto patrulla, una enfermera gritó con desesperación. Los policías quedaron atónitos.

—¡Auxilio, auxilio, policía! —gritaba.

Corrieron los policías al llamado de la enfermera dejándome con el oficial quien dio la orden de que fueran inmediatamente a ver lo que estaba sucediendo. Cuando llegaron a la escena, descubrieron el cuerpo sin vida del detective que llevaba el caso del asesinato del doctor Marco. Sospechaban algunos de los presentes que podría tratarse de sobredosis de drogas. Se encontraba en el piso del consultorio del especialista en psiquiatría del hospital.

La oficina estaba un piso más abajo y se conoció que él decidió quedarse los últimos dos días allí para leer los expedientes secretos y ver las grabaciones de todos los pacientes de psiquiatría de las últimas dos semanas.

Todos miraban lo sucedido con gran temor.

Cómo podría el detective morir de esa forma llevando un caso tan importante, con tantos sospechosos que interrogar, llevándose toda la información a la tumba ya que él era el único a cargo de la investigación.

El oficial estaba conmocionado, supongo que analizaba cómo podía ser posible. Uno de los policías regresó y le susurró algo que no pude entender con claridad.

—Estaba claro que el detective no pudo hacer tal cosa, alguien debió hacerlo... pero ¿con qué fin? ¿quién podía beneficiarse de esto? —Y me miró.

—¿En serio también va a culparme de esto? Estuve en la misma habitación que usted durante todo este tiempo.
El detective estaba desconcertado.

Observé la escena desde lejos, serena y callada. El doctor O' Neill me miraba con cierto temor. Podía notarlo en sus ojos.

Sospechosos

«El muerto no te molestará, es del vivo de quién tienes que preocuparte.»

John Wayne Gacy

Aquel salón era más sucio de lo que pensaba, frío, desolado, incómodo. Las oficiales me quitaron lo poco que traía al ingresar. Ese uniforme celeste y holgado me quedaba de película, los tenis no estaban mal, hasta parecía paramédico en lugar de reclusa.

No podía ocultar que me alegraba la muerte del detective, sobre todo porque después de esto tendrían que enviar uno nuevo a la investigación y eso congelaría mucho las cosas, o al menos me daría tiempo de organizar los hechos. Tampoco me culparían por la muerte del doctor Marco, al menos por ahora.

Veamos: aún soy sospechosa del caso del accidente de mi familia. Ahora estoy en un reclusorio situado en un área céntrica de la capital llamada Ancón y tengo que admitir que aquí no me tratan nada bien. Es peor que cuando estuve internada en el psiquiátrico.

—¡Sí! Fui paciente psiquiátrico del hospital Nort Western cuando era niña y ahora lo vuelvo a ser... Si ambos psiquiatras están muertos no es mi culpa. Es una coincidencia y ya —le dije a mi abogado.

El licenciado Scott McAbbe es el abogado que el doctor O' Neill me contrató, al parecer tiene mucha experiencia en este tipo de casos. He de admitir que lo tenía comiendo de mi mano a pesar de que empezaba a sospechar de mí, su ayuda era justo lo que necesitaba en estos momentos.

—Tranquila, Anastasia, hablé con el oficial a cargo de la investigación, le pedí que me hablara sobre esas pruebas que tienen. Necesito armar una coartada y bien sólida. Por eso no debes ocultarme nada, cuéntame, qué fue lo que pasó en el accidente. ¡Todo! Desde que salieron de casa. Sin omitir detalles —mencionó el licenciado McAbbe.

Le conté la misma historia que le conté al doctor O' Neill, tal como él lo quería. Podía recordar todos los pormenores, e incluso improvisar hechos y enlazarlos con gran facilidad de modo que no pudiera distinguir lo real de lo que mi subconsciente albergaba y eso era a veces un don y a veces un problema. Mi mente volaba a gran escala y empezaba a controlarla.

—Háblame de cuando eras niña, ¿por qué te internaron en ese hospital Anastasia?

Empecé a recordar esa trágica historia que sufrí cuando niña, venían a mí como escenas; sin embargo, eso era algo de lo que me costaba hablar. Por desgracia era crucial para el caso así que le conté algunas cosas para mantenerlo tranquilo. Solo lo necesario para continuar con el caso.

El licenciado se retiró, no sin antes indicarme que tan pronto preparara la coartada me visitaría para comentármela y ponernos de acuerdo para el juicio. Sus instrucciones fueron muy claras:

—No debes hablar con nadie de esto, Anastasia, con nadie sin que esté presente. Si algún abogado te visita no le respondas nada y házmelo saber. Nadie puede obligarte.

—Está bien, así lo haré... solo dígame, ¿cuándo podría estar saliendo de aquí? Esto es muy peligroso, siento que me quieren hacer daño, ¿sabe lo que les pasa a las sospechosas de asesinato aquí dentro? —le pregunté.

—Tranquila, estoy moviendo mis contactos para que el juicio pueda realizarse lo más pronto posible, la burocracia de este país no ayuda, pero esperemos que sea en un par de meses y si todo sale como pienso, el mismo día podrías irte a tu casa.

Sus palabras me dejaron algo inquieta, no podría esperar tanto tiempo, no había certeza en lo que me había dicho.

Un rato después recibí la visita del doctor O' Neill para dar seguimiento a mi evaluación. Si había algún inconveniente tenía derecho a atención médica. Lo recibí en enfermería. Me asombró verlo de civil; sin embargo, y para ser franca, se ve más sexy con su bata puesta o sin ropa. Mis ojos se llenaron de alegría.

—Gracias por venir a verme, mi doctor —le dije abrazándolo con mucha fuerza.

—Vine porque necesitaba verte, Anastasia. ¿Cómo te están tratando? —preguntó.

—Un poco mal, pero usted no tiene la culpa. El abogado me dice que si todo sale bien saldré pasado mañana en el juicio. Y eso espero la verdad.

—¿Has sentido dolor, mareos, ansiedad, has presentado sangrado alguno?

—He sentido mucho dolor, algo de mareos y algunas punzadas en la pierna, pero la oficial de la enfermería me ha ayudado. No puedo decir lo mismo de mis compañeras doctor, me tratan muy mal sobre todo porque piensan que soy una asesina.

—Hablaré con la inspectora de turno sobre eso. Tienes derecho a atención médica Anastasia, durante el tiempo que estés en custodia. No has sido sentenciada, no eres culpable, eres sospechosa y por tanto tienes derechos. —me dijo tomándome de la mano.

—Sea cauteloso, si se dan cuenta que presenté una queja podrían tratar de desquitarse —le dije.

—Lo haré, no te preocupes. Lo noté pensativo esta vez.

—Dime la verdad, Anastasia. ¿Es cierto todo eso de lo que te acusan? Dime que no, por favor, no podría ser capaz de mirarte con los mismos ojos si llegara a ser cierto todo eso, siento que ya no te conozco —dijo mirándome con nostalgia.

Callé por unos minutos y luego contesté:

—Dígame, doctor, ¿usted cree que en el estado en el que llegué al hospital, tendría la fuerza para matarlos? Se mantuvo callado.

—Podrías acaso no recordar lo que pasó, estabas deshidratada, sangrabas mucho por las heridas de la pierna y tu brazo, el golpe en tu cabeza. Estabas muy mal como para pretender que sacaras esa fuerza. Podría atestiguar eso ante la corte —dijo con tono esperanzador.

—Muchas gracias, mi doctor, no sé cómo pagarte todo lo que haces por mí, has sido mi defensor en todo momento, te debo tanto —le dije tomándolo de la camisa. Me acerqué para darle un beso cerca de los labios y luego me levanté de la mesa dispuesta a irme.

Se quedó inmóvil cuando lo besé y luego me tomó de la mano cuando me di la vuelta, se acercó a mí con una mirada pícara y descarada. En un movimiento un tanto nervioso y a la vez ansioso deslizó sus manos por mi cintura hasta llegar al inicio de mis pechos mientras mi aliento se aceleraba, recordé aquella noche de placer bajo las sábanas de mi cama en la penumbra de mi habitación. Coloqué mis manos sobre las suyas en un intento por detenerle; sin embargo, en ese momento y con su cuerpo tan pegado al mío, no imaginaba otra cosa que consumirme en el fuego ardiente de su ser. Poco a poco le hice saber que deseaba seguir entregándome a sus caricias, a sus besos con total complicidad.

Continuó acariciando mis pechos y encaminó sus manos por todo mi cuerpo semidesnudo. Lo hacía con tanta pasión y deseo que pude escuchar su jadeante voz entre besos.

—No sabes cuanto te deseo Anastasia.

No puedo soportar más estas ansias que siento por tenerlo, por ser suya, por embriagarme de placer. Me sorprende al girarme rápidamente y colocando sus piernas otra vez ceñidas a mis caderas al ritmo del vaivén de nuestros cuerpos.

—Anastasia… —susurró.

Dejé que su voz se ahogara en un apasionado beso que fundió nuestros labios ante la desenfrenada pasión de nuestros cuerpos. Sus manos acariciaron mis caderas, mi cintura, mis muslos. Su mano derecha tocó mi cabello suelto y despeinado mientras su mano izquierda se coló en mi pecho, deseando desabrochar mi camisa.

En un intento por despojarme de toda mi ropa, me levantó cargando mi cuerpo encima del suyo, se dirigió hacia el pupitre de la enfermería con tanta rapidez que algunos botones de mi camisa cayeron al suelo. Me miró con deseo, con esos intensos ojos azules que ahora expresaban más profundidad que nunca.

Apoyada sobre el pupitre decidió voltearme de espaldas, tumbando algunos medicamentos que estaban puestos. Nada de eso lo detuvo, y siguió presionando su cuerpo sobre el mío, desnudo, húmedo y jadeante de placer. Continuó besándome, correspondí a sus movimientos como si adivinara cada paso que daba, recorrí su cuello con mis manos disfrutando del momento. Cuando me despojó de toda la ropa, el deseo se convirtió en éxtasis; la imaginación continuó formulando las muchas maneras en las que quería plasmar mi cuerpo en el suyo en este momento, en el invaluable silencio de esta habitación.

Llevándonos por el desenfreno de nuestros cuerpos escuché sus quejidos un poco más intensos que estremecieron y me erizaron la piel, nos dejábamos llevar por las caricias en movimientos repetitivos y constantes. Acercó un tanto más mi cuerpo al suyo, dejando mi entrepierna cerca, muy cerca de sus glúteos; me di cuenta, por sus movimientos de cadera, que eso le generaba más placer. No lo culpo, también a mí. Disfrutó de mi piel, de mi sedoso cabello y de la línea que se dibuja en mi espalda.

Cruzamos nuestras miradas, ansiosas. Su mirada sensual y casi hipnotizante, satisfecho de haberme tenido. Sus labios, suaves, tibios y húmedos, parecían llevarme al mayor placer que mi cuerpo podía resistir, su lengua juguetona, remolinaba mis ansias en cada movimiento y con gusto me sentía presa del clímax, mordiendo sus labios con desbordante deseo. No pude resistirme a esto, me abrazó apretando su cuerpo contra el mío y fundimos nuestros labios en un ardiente beso. Oh, dueño seductor de mis más bajos instintos.

Un rato después regresé a mi lugar asignado en el reclusorio. Caía la noche y los pasillos se veían aún más tenebrosos y oscuros que los del hospital. En aquel lugar habían muerto varias personas, podía verlas cuando oscurecía, podía sentirlas. Se paseaban por allí sin rumbo fijo con una mirada perdida, desolada, con un rostro de agonía eterna.

Aun allí seguía escuchando esos ruidos, aquellas voces espeluznantes a cada momento, tanto que sentía que ya formaban parte de mí, como si retumbaran en mi cabeza una y otra vez.

Era una voz ronca, terrorífica, espeluznante. A veces podía ver su sombra pasear por los pasillos, cómo olvidarlo, caminaba con paso lento, se escuchaba el sonido de sus uñas al chocar con el suelo. Nunca había visto su cara. El temor a lo desconocido es lo que más me ha atormentado.

Me sentía sola, desprotegida, a merced de lo que pudiera pasar. Nadie me creía, la historia volvía al origen.

Extrañas visitas

"Debemos valorar a las personas por lo que tienen en su interior".

Dos semanas después de aquella noche recibí la visita del licenciado McAbbe, confiaba en que había preparado una coartada eficaz para ganar el caso. Necesitaba salir de allí cuánto antes. Muy pocas reclusas recibían visitas, en aquel lugar todas se decían inocentes, pero muy pocos podían pagar un abogado.

Me paseaba por aquella celda preparando un plan, analizando las respuestas a las posibles preguntas que me harían cuando por fin llegara el juicio. El tiempo pasaba y no obtenía grandes esperanzas.

Cuando anochecía los sonidos eran más claros, las presencias se apoderaban del lugar, las almas se paseaban por los pasillos y podía escuchar con claridad aquellas voces.

Cuando las personas mueren sus almas empiezan a reclamar justicia. Cuando escuchaba esa voz ronca, espeluznante y sarcástica cerca de mis oídos el miedo me invadía, el sonido de sus uñas deslizándose por la pared me atormentaba. Me mantenían al borde de la desesperación.

—¡Necesito salir de aquí! ¡Ayúdenme! Por favor —gritaba a más no poder, pero nadie me escuchaba. En ese lugar nadie escuchaba a nadie, para ellos no había inocentes solo culpables esperando ser enjuiciados.

Recuerdo que mis ojos se llenaron de lágrimas y comencé a temblar. ¿Era acaso eso lo que me esperaba? me preguntaba, ¿cómo iba a vivir con eso? Una conciencia acosadora es la mayor cárcel para el ser humano.

Comencé a llorar hasta casi quedarme dormida. En ese momento unos rayos de luz tenue se colaron por las rejas, alguien se acercaba de forma sigilosa. Sus pasos eran lentos. Recuerdo su aspecto, la figura de un hombre alto, fornido y de piel bastante clara parecía abrir la puerta de mi celda. Era demasiado tarde para recibir visitas. ¿Venían acaso en mi auxilio? Pensé.

—¿Quién es usted?

El hombre se acercó a mí con una sonrisa sádica.

—Eso no importa hermosura, cuando veas lo bien que la vamos a pasar no necesitarás saber mi nombre —dijo.

Salí corriendo hacia el otro extremo y pedí auxilio, mis gritos podían escucharse a lo lejos, pero en aquella cárcel nadie te ofrecía ayuda, creo que todas le temían. Me tomó muy fuerte por el cabello y me tapó la boca para que no gritara más, pero continué forcejeando contra él.

—Nadie va a escucharte aquí, preciosa; y si así fuera nadie te va a creer, estás loquita, lo recuerdas. A los locos nadie les cree —me dijo acercando su lengua a mi oído. Que horrible recuerdo tengo de aquella noche, esas imágenes se quedaron grabadas en mi memoria.

Intenté gritar más fuerte, morder su mano y golpear sus pies para zafarme, pero él seguía desgarrándome la ropa, casi me daba por vencida cuando de pronto comencé a experimentar esa sensación otra vez, la que sentí cuando niña en brazos de mi madre y mi piel se erizó por completo.

Una brisa fría acarició mi rostro como la que sientes cuando estás frente a las olas del mar, solo que estas no te dan paz. Su sombra estaba ahí. Lo que tanto temí y que por fin pude ver a los ojos estaba frente a nosotros.

Dejé de forcejear. Y se escuchó un grito desgarrador que hizo que ese hombre me soltara y cayera a un lado atemorizado. Recuerdo que caí de rodillas, cabizbaja, sin la más mínima intención de abrir los ojos. No podía mover un solo músculo presa del miedo. Escuché gritos de dolor y desesperación, quejidos y un gran estruendo contra el piso, pero nunca abrí los ojos.

Amanecí tirada en el suelo, apoyada de mi lado izquierdo. Desperté y los rayos de sol se colaban entre los vidrios de aquella oxidada ventana. Me di cuenta de que estaba en el suelo y recordé cómo llegué allí. Me dolía mucho la cabeza. Cuando intenté levantarme me percaté que estaba salpicada de sangre, me puse nerviosa porque pensé que me había lastimado, pero cuál fue mi asombro cuando al levantar la mirada para pedir ayuda vi a ese hombre en la esquina de la celda. Era una escena horrible, no pude gesticular, jamás vi cosa igual.

Aquel hombre mutilado yacía sentado en el suelo con la ropa desgarrada, su rostro había quedado reducido a pedazos de piel que colgaban de su cráneo, no tenía ojos, su cabeza guindaba de una parte de su piel. Toda esa sangre provenía de él.

—¡Auxilio! ¡Por favor! ¡Sáquenme de aquí! ¡Auxilio! —grité mientras comenzaba a sufrir un ataque de pánico.

Un policía que venía a lo lejos me escuchó.

—¿Qué pasa aquí, ¿qué son esos gritos? Ya me vas a decir que...

No terminó la frase. Se detuvo tan pronto vio la escena. La sangre de aquel hombre estaba por todo el piso.

—¡Envíen una unidad al ala sur, pasillo 16M rápido! —gritaba el policía por su radio para pedir refuerzos. Sonó la alarma de urgencia que estaba en el pasillo y se escuchó la algarabía de las demás reclusas.
—Aquí el oficial Hernández, ¿qué está pasando Sánchez?

—Solicitó una ambulancia, equipo de criminalística en la celda trece del pabellón de mujeres, pero ¡ya! hay un cadáver aquí, es urgente —informó el policía.

Víctima

- "Un hombre sin pasado puede forjar cualquier futuro." – El psicoanalista.

Mi abogado vino aquella mañana a verme, habían pasado tres semanas desde su última visita. Estaba en una camilla en enfermería, me curaban las heridas de los golpes que ese sujeto me propinó. La cabeza me dolía, tenía una fuerte contusión, la herida en la pierna estaba sangrando mucho. Me tuvieron que coser.

Le expliqué al abogado con detalle lo que sucedió esa noche, pero por supuesto no me creyó.

—Anastasia... la policía cree que tú lo mataste. Puedo afirmar que fue en defensa propia porque el sujeto era ayudante de cocina en el pabellón de abajo y no tenía justificación alguna para estar a altas horas de la noche dentro de tu celda. La escena que vieron los policías incrimina al sujeto, pero no puedo salirles con que un ente extraño asesinó a ese hombre y te dejó vivir. Jamás me creerían, de hecho, no creo en esas cosas de fantasmas o entes, no tengo pruebas, bases, necesito un buen argumento de defensa. Necesito que me digas la verdad.

—Por favor, abogado, no me haga esto. No estoy loca, usted tiene que creerme. ¡Le estoy diciendo la verdad! —le dije con tono nervioso, muy conmocionada aún.

—Necesitamos decir que fue en defensa propia, ¿está claro?

Sabía que no me creería así que acepté. Cuando estaba ya por salir de enfermería el doctor O' Neill llegó desesperado por encontrarme.

—¡Anastasia! ¡Por Dios, dime que estás bien, dime que ese cerdo no te hizo nada! —dijo tratando de abrazarme.

—Estoy bien, doctor, no me pasó nada gracias a Dios. —Le sonreí mientras mis ojos se llenaban de lágrimas y lo abracé con fuerza—. Fue horrible, tienes que creerme, por favor, necesito que me creas.

—Por supuesto que sí, te creo, te creo y te sacaré de aquí, haré lo que sea necesario — Lo noté convencido— No dejaré que te hagan más daño. No mientras esté para ti.

Me aferré con todas mis fuerzas a él. No quería que me dejara sola ni volver a esa celda, si antes sentía miedo ahora tengo más razones.

Tenía que admitir que podía controlar mis miedos cuando visitaba al doctor Marco, sus sesiones me ayudaban mucho a no perturbarme cuando cosas extrañas sucedían, pero aquello era otra cosa, aquello era muy real. Ese hombre pudo verlo a los ojos.

Me sentía exhausta. Mi mundo se desmoronaba, ya no podía más. Sospechaba que cada vez que alguien fallecía aquel ser se hacía más fuerte. Quería acabar con aquello que acechaba mi mundo.

Esa noche la pasé en la enfermería, el doctor O' Neill estuvo cuidándome, tomaba mi mano con tanta delicadeza y no se despegó de mí ni por un segundo. Esa noche fue una de las peores noches que había pasado en mi vida, después del accidente. Estos hechos habían dejado una huella imborrable en mí.

A la mañana siguiente mis hematomas se habían hinchado más, así como el párpado del ojo derecho se tornó oscuro, casi no podía ver de ese lado, me dolía todo el rostro. Los golpes fueron contundentes a pesar de que luché con todas mis fuerzas. De no ser así el resultado hubiera sido diferente.

Un oficial entró a la enfermería. Me informó que presentaron cargos en mi contra por el delito de asesinato en primer grado contra el sujeto que entró a mi celda a socorrerme porque las cámaras revelaron que estuve pidiendo auxilio minutos antes. Esa fue su deducción y era mi palabra contra la de ellos.

El doctor O' Neill se disgustó mucho con el oficial a tal punto que lanzó varios improperios, pero el oficial se retiró sin más.

—Me molesta, me molesta Anastasia. ¿Cómo pueden acusarte de algo así? ¡Esto es inaudito!

—No se preocupe doctor, en esta vida cada cual obtiene lo que merece —dije.

El doctor O' Neill se quedó pensando, no le gustaba para nada escucharme decir esas cosas, le parecían comentarios vengativos y fuera de lugar que no me ayudaban para nada a sanar.

—¡Yo lo vi doctor, lo conozco!

El juicio

"¿De qué escribirás?
De lo que te dé la gana, de lo que sea. Mientras cuentes la verdad".

Stephen King.

Por fin había llegado el día. Tuve que esperar tres meses y medio para que me llamaran a juicio, no podía quejarme ya que había sido muy afortunada en tener un abogado que agilizó el proceso. De otra forma, hubiera tenido que esperar años. No hubo una negociación, no iba a declararme culpable de ningún delito.

Ese día me sentía ansiosa porque estaba segura de que harían todo lo posible para culparme de esas muertes sobre todo la del cocinero que atentó contra mí en la celda. Confieso que me volví más hermética y fría de lo que ya era. Le temía hasta a mi propia sombra y desconfiaba de todos allí.

La noche anterior tuve pesadillas pues no podía sacar de mi cabeza lo que viví, su rostro, sus ojos, esas uñas largas, negras y curvas. Su sonrisa retorcida y sangrienta. El recuerdo de aquella noche me atormentaba.

Aún hoy día me descubro perdida buscando cada detalle. Aquello era distinto a lo que había visto antes y no entendía lo que significaba. Levanté la mirada, el doctor O`Neill iba entrando al recinto acompañado de mi abogado. Vi muchos oficiales de policía rondando el salón.

Ese día se presentaron pruebas, se tomaron los testimonios de personal médico del hospital y oficiales de policía. La sesión terminó sin novedades.

Seis semanas después fui llamada a una nueva audiencia. Se conformó un jurado, adultos entre cuarenta y sesenta años, de carácter muy prudente y postura tranquila, dos señoras parecían amigables, empáticas pero los caballeros tenían una actitud muy seria.

La sala estaba vacía, solo los miembros del jurado, la corte y nuestros abogados y algunos testigos. Era un salón enorme con incómodas sillas de madera a ambos lados, sin ventanas y una puerta ancha y muy alta. Hacía mucho frío, todo estaba en una sumida calma.

—Se declara abierta la sesión. Por el señor secretario se va a dar lectura a los escritos de acusación y defensa — declaró el juez de la corte.

—Sra. Anastasia Saint Chainz, póngase en pie.

Mi corazón palpitaba a mil por hora.

Iniciamos la lectura de la audiencia dos:
"... Se le acusa de homicidio en primer grado hacia las siguientes personas....
—Quiero informarle que tiene derecho a no declarar contra sí misma y a no confesarse culpable. Si el abogado tiene a bien hacerla declarar por favor responda a las preguntas del Fiscal.

No puede ser pensé en ese momento, habían traído varios testigos en mi contra, la enfermera, un psicólogo y el agente ese… compañero del oficial que murió a cargo de la investigación anterior. Se me estaban complicando las cosas.

Miré al doctor O' Neill que se encontraba detrás de mí como preguntándole dónde están mis testigos, al menos sabía que él atestiguaría a mi favor.

Comencé a llenarme de dudas al respecto, sabía que eran muchos los que estaban en mi contra y muy pocos los que me defendían. No tenía miedo de ir a la cárcel, definitivamente había perdido toda esperanza y motivación de rehacer mi vida luego de todo lo que me había pasado, pero sí tenía miedo de estar sola en una celda con aquel ser que vi esa noche. ¡No podía controlarlo!

—Tranquila, Anastasia, traje a los testigos —me respondió mi abogado en voz baja al ver mi cara de preocupación.

—¿Jura usted decir la verdad y solo la verdad a lo que se le cuestione? —preguntó el juez.

—Lo juro, señor Juez —respondió la enfermera.

Para mi fortuna no mencionó nada en concreto que pudiera involucrarme o al menos eso fue lo que me dijo el abogado.

El licenciado, el señor McAbbe, se mantenía muy seguro de este caso, como si se asegurara la victoria. Su actitud me tranquilizaba.

—Quiero llamar al estrado al siguiente testigo, señor juez. El señor Clifford, psicólogo del hospital y compañero del doctor Marco Stefano, psiquiatra asesinado que atendió a la joven aquí acusada —dijo el abogado querellante.

El doctor Clifford pasó y juró decir la verdad. Mientras lo hacía tenía una mirada muy penetrante, casi parecida a la del doctor Marco. Acaso estaba al tanto de todos los detalles.

¿Le habrá contado sobre mí o será que encontró algo mi expediente? Pero hasta donde sabía ese expediente lo tiene incautado la policía.

Tomé una actitud pacífica, no podía permitir que notaran mi preocupación y menos los señores del jurado a quiénes el licenciado debía convencer de mi inocencia.

El doctor Clifford comenzó a relatar:

—Hasta donde sé, el caso de la Srta. Saint Chainz era muy delicado, el doctor Stefano lo mantenía bajo estricto secreto y se ocupaba él mismo de todo lo relacionado con la joven aquí presente — mencionó.

—Salvo algunos comentarios que él me confesó en los últimos días, debido a que lo noté inquieto, algo ansioso. —Hizo una pausa para mirarme con un tono de duda—. Él quería hablar urgentemente con el doctor O' Neill ya que pudo identificar algo fuera de lo común en las sesiones realizadas con la joven.

También identificó que Anastasia poseía un raro control sobre esa fuerza que la llevaba a manejar hasta cierto punto las atrocidades de que fue testigo cuando niña.

Según me contó el doctor Stefano, Anastasia no solo fue testigo del accidente ocurrido hace tres meses, sino que también tuvo que ver con la causa. Todo esto debido a sucesos ocurridos cuando niña y que dieron lugar en el psiquiátrico donde estuvo recluida. Luego de esto fue adoptada por los señores Saint Chainz. Es todo lo que sé, pero considero que es importante para el caso ya que mi colega no quiso hacerme participe de más información ni de las pruebas que recababa — concluyó.

Para cuando culminó su relato tenía puestos mis ojos en él, no podía disimular el odio que sentía en esos momentos. Lo seguí con mis ojos desde que se levantó del estrado hasta que desapareció por aquella puerta.

El juez me miraba.

—Continúe, abogado —solicitó el juez.

—Señor juez, quiero llamar al siguiente testigo al estrado, el oficial Morales a cargo de la investigación del accidente de los familiares de la señorita Anastasia y vinculado al caso de los asesinatos del doctor Marco Stefano y el detective Montero.

—Sr. Juez creo que mi testigo ha declarado el porqué de la conducta homicida de la acusada —mencionó el abogado acusador con mucha seguridad.

—Protesto, su señoría, el abogado está especulando, los hechos ocurridos en su infancia no dan lugar a los ataques a los que fue víctima mi defendida en la celda y no refieren a las muertes que aquí se le acusan —habló el abogado McAbbe.

—A lugar, retire su comentario abogado —indicó el juez.

—Retiro lo dicho, su señoría, pero el jurado escuchará los testimonios del detective Montero los cuales dejó por escrito de su puño y letra ante la presencia de su compañero y que hoy tengo a bien resaltar.

—Protesto, su señoría, no tenía conocimiento de esas pruebas —mencionó exaltado mi abogado.

—No ha lugar, señor abogado, prosiga licenciado con el cuestionamiento del testigo —indicó el juez.

El oficial Morales nunca me cayó bien. Saqué mis propias conclusiones, creía que estaba tratando de buscar cualquier pista, lo que sea con tal de vengar la muerte de su compañero.

Luego de su juramento el oficial Morales comenzó a responder las preguntas del abogado.

—Su señoría, vengo a desenmascarar a la señorita aquí presente, he estado al tanto de las investigaciones de mi compañero fallecido—comentó.

Lo que he de declarar aquí se basa en lo investigado y exclusivamente en los expedientes de la señorita Anastasia en sus sesiones con el doctor Stefano y en el expediente que investigué hace poco sobre Karla Stevenson, el verdadero nombre de la acusada su señoría —añadió.

Recuerdo que apenas mencionó ese nombre quedé inmóvil, hace mucho que no lo escuchaba y fue como clavarme una daga en el corazón. De inmediato recuerdos vinieron a mí, esos que había intentado suprimir durante mucho tiempo. Bajé la cabeza e intenté no desmoronarme frente al juez en ese momento porque aún contaba con una carta maestra.

Confesiones

"Tengo una perspectiva equilibrada de las cosas e intento ver la parte graciosa de las mismas... "

—Karla Stevenson es el verdadero nombre de Anastasia. Sus padres son Magdalena y Carlos Stevenson se separaron poco después de que ella nació debido a que la señora Stevenson sufría problemas psicológicos y maltrataba mucho a su bebé —comentó el oficial Morales mientras mi piel se erizaba y trataba de mantener la calma—. Cuando las autoridades trataron de quitarle a la niña, la señora Magdalena perdió la cordura, tuvieron que internarla en un hospital psiquiátrico, su padre fue hallado muerto en su residencia en extrañas circunstancias. — El oficial se detuvo.

—Prosiga oficial —Afirmó el abogado.

—La niña creció en un lugar de adopción ubicado en las afueras de la ciudad de Antón. Luego se conoció que Karla estuvo recluida tres años en un hospital psiquiátrico que, de hecho, era el mismo que el de su madre, el hospital Nort Western ubicado en Rio Hato. Así que, estando ahí es muy probable que pudo conocerla. Luego volvió al lugar de adopción donde la conocieron los señores Saint Chainz a la edad de doce años.

Había vivido con sus padres adoptivos hasta el día del accidente —afirmó haciendo una pausa.

Lo miraba con desprecio pues no podía creer que supiera todo eso. Creo que había subestimado al oficial. Pero ya me encargaría de él.

—Su señoría, no veo qué relación tiene toda esta historia en el caso, a mi defendida no se le acusa de ser adoptada o de estar en un hospital psiquiátrico junto a su madre —dijo mi abogado que de vez en cuando me miraba y se daba cuenta que le había omitido varias por no decir muchas cosas en mi confesión.

Era muy difícil que pudiera ayudarme así. Estaba desarmado, pero jamás pensé que aquel oficial fuera a saber tanto.

—Tengo un punto su señoría —dijo el oficial.

—¡Por favor, continue! —mencionó el juez.

—El motivo de su internado en el psiquiátrico es lo que más le gustará saber, señor juez. Karla fue testigo del asesinato del psiquiatra que la atendía, luego de eso atentó contra la vida de otra niña y tuvo que ser internada debido a su comportamiento irregular.

Días después su madre amaneció muerta en una confusa situación. Todo apuntaba a Karla, pero por lo delicado de los hechos solicitaron que fuera devuelta al hogar adoptivo donde con sus compañeras y el calor de las monjas podría crecer en un ambiente fuera de tantas situaciones traumáticas y desconcertantes que le estaban haciendo daño. Es todo lo que hay en el expediente que tengo en mis manos.

Me observó disfrutando de mi angustia y prosiguió. Todos escuchaban atentos al oficial. Prosiguió:

—Esto funcionó al parecer a tal punto que Karla pudo ser adoptada, pero se omitieron estos hechos a sus padres adoptivos, quienes tenían derecho a saberlo. Sin embargo, se conoció que la señora Saint Chainz volvió al hogar de niños un mes antes del accidente. Estuvo haciendo muchas preguntas sobre el pasado de Karla, exigía conocer si ella había estado involucrada en actos violentos o traumáticos cuando niña.

Se desconoce por qué estuvo averiguando. Solo sabemos que alrededor de un mes después murieron en un trágico accidente del que convenientemente solo Anastasia sobrevivió.

Mi abogado no sabía cómo mirarme, pidió un receso para reordenar las ideas, pero no fue aceptado por el juez. El oficial continuó su relato:

—El automóvil se incendió casi en su totalidad, pudimos salvar parte de él. Pudimos confirmar que el auto había sufrido una falla en el sistema de frenado y que había un escape de gasolina hecho con un cuchillo, arma que luego fue encontrada por la policía en medio del bosque. El detective Montero, encargado de la investigación, lo había mandado a analizar un día antes de su muerte —afirma el oficial.

Todos voltearon a mirarme en un gesto acusador. Estaba fría, me sentía muy nerviosa, mis ojos comenzaron a expresar mi angustia. No podía creer todo esto. El testimonio del oficial me podía hundir. Todas las pruebas que presentó el oficial eran ciertas y certeras, lo peor de todo era que habían sido previamente validadas. No había nada que hacer.

—Es todo, su señoría —mencionó el oficial bajando del estrado.

El siguiente testigo para interrogar es el doctor O'Neill, quién es llamado por el licenciado McAbbe.

—Soy el médico encargado de la paciente Anastasia Saint Chainz, he estado a cargo de su salud médica desde que llegó al hospital hace aproximadamente ocho meses. Su condición era deplorable: tenía fracturas, esguinces, hematomas en el rostro y en varias partes del cuerpo, cortes en la piel, rasguños, había perdido mucha sangre e inhalado mucho humo, estaba inconsciente.

—Dígame, doctor O'Neill, ¿cómo fue la conducta de la paciente al despertar?

—Cuando despertó estaba muy afectada con la muerte de sus padres, yo mismo la atendí en ese momento, tenía golpes en la cabeza incluso. Estaba muy conmocionada por el accidente y por haber perdido a su familia; de hecho, en varias ocasiones intentó quitarse los cables para ir a buscarlos aun cuando ya el oficial había indicado que estaban muertos y que no se podía hacer nada al respecto. La paciente vivió estrés post traumático a raíz de la pérdida de sus padres.

Así pues, con los datos clínicos que el doctor aportó a las muchas preguntas del abogado llegó mi turno de declarar.

—Anastasia Saint Chainz, favor subir al estrado para su declaración —indicó el fiscal.

Recuerdo que subí y juré decir la verdad y solo la verdad. Por un momento mi vida se detuvo ese día, no entendía ni escuchaba nada de lo que decían ni lo que preguntaba el muy astuto abogado acusador. No podía esconder más la realidad de las cosas. Estaba nerviosa, desprotegida, me sentía desnuda delante de todos.

—Anastasia Saint Chainz... ¿Asesinó usted de manera premeditada a su familia en aquel accidente hace ocho meses? ¿Es capaz de refutar lo afirmado por el oficial Morales?

—¡No! No los maté su señoría. Soy inocente.

—Encontré huellas suyas en el collar de su padrastro y encontramos un cuchillo con sus huellas dactilares. ¿Cómo responde a eso? ¿Acaso usted provocó el accidente?

—¡No pueden acusarla así! —dijo el doctor O' Neill.

—¡Silencio en la sala! Señorita Saint Chainz, prosiga —dijo el juez.

—Es cierto que inventé la historia de la familia feliz porque necesitaba creer que así lo era. Que era feliz. Desde joven siempre he vivido episodios violentos y traumáticos. Por esa razón mis padres adoptivos empezaron a investigar y cuando lo averiguaron todo, ¡todo sobre mí!... —grité.

No podía permitirlo, me atormentaban con ello y amenazaron con deshacerse de mí porque venía de una mujer con antecedentes difusos y con un pasado oscuro, además de haberme implicado en su muerte. Desde ese momento me consideraron peligrosa y dejaron de brindarme su amor. Mi padre adoptivo comenzó a aborrecerme. —

Bajé la cabeza unos minutos.

—Desde entonces abusaba de mí, fue desde que tenía doce años y cuando me armé de valor para contarle lo que estaba sucediendo a mi madre ella prefirió creerle a él, me dejó sola y comenzó a desconfiar de mí. Me dijo que estaba loca y amenazó con devolverme al hogar si seguía con esa idea o si se lo contaba a alguien más. Yo no quería volver a ese lugar nunca más. Por primera vez tenía la oportunidad de ser libre, dueña de mi propio destino.

Fui abusada y maltratada por él todo este tiempo —dije con lágrimas en los ojos— y solo quería hacerle daño, así como él me hizo sufrir muchas veces, pero jamás haría nada contra mi madre o mi hermana, les tenía mucho cariño a pesar de todo—mencioné con odio y remordimiento.

Él planeaba hacerlo de nuevo cuando llegáramos al hotel en el cual nos hospedaríamos por eso llevaba un cuchillo conmigo, para protegerme de sus abusos, pero no planee lo del accidente, de eso no tuve nada que ver. Deben creerme —recalqué.

Todos en la sala quedaron conmocionados. Hubo un silencio ensordecedor.

—No puedo creerlo, Anastasia —dijo el doctor O' Neill entre lágrimas y furioso. ¡Lo sabía! ¿Por qué me mentiste? si eras abusada crees que acabar con él era la forma de solucionarlo... —me gritó.

Comencé a llorar, no pude contenerme más, eran demasiados recuerdos revividos. Necesitaba inventar una historia creíble que me hiciera quedar como la triste sobreviviente de ese accidente. Continué:

—Necesitaba volver a empezar y dejar todo atrás. Ninguno de ustedes fue testigo de los horrores que viví desde que me adoptaron. No saben por todo lo que pasé. No, eso no podía pasar en una familia modelo como la mía, ¿verdad? Incluso intenté ir con la policía. No me lo permitieron —Comencé a llorar otra vez.

—¿Estás consciente de que esta declaración te convierte de forma automática en sospechosa de un homicidio múltiple verdad, Anastasia? —añadió el abogado acusador. Esto es un delito contra la vida y la integridad personal que te puede costar de veinte a treinta años de prisión si se comprueba tu culpabilidad—añadió el abogado acusador.

—Lo sé, pero tengo pruebas de todo, jamás atentaría contra los otros miembros de mi familia, ellos me dieron un hogar, el amor y el cariño que nunca tuve —le dije al abogado.

—Eso ya lo veremos —me interrumpió.

—¿Por qué mataste al psiquiatra del hospital de Nort Wester Anastasia? Vas a decírmelo también—me preguntó el abogado.

El doctor O`Neill se dejó caer sobre el asiento con sus manos en el rostro, cabizbajo.

—No puedes probarme nada, no lo hice. Él labró su propio destino, ¿quieres verlo? —dije sonriendo.

Declaración del Juez

«Yo soy la proyección de la mentira en que vives. Júzgame y senténciame, pero siempre estaré viviendo en ti.»
– Charles Manson

—Por una vez más... ¿Por qué mataste al psiquiatra Anastasia? —preguntó con molestia el abogado. Su tono de voz se hizo notar en la sala.

—Ya te dije que no lo hice, ¿acaso no escuchaste? —le dije en tono desafiante.

El abogado notó de inmediato mi reacción.

—¿Serías capaz de matar a alguien más Anastasia? ¿Serias capaz de matarme por sentirte amenazada? —indagó preocupado.

—No lo maté, es lo único que tengo que decir, no tiene pruebas que me involucren, usted solo quiere inculparme ... ¿Por qué no lo acepta abogado? —Fijé mis ojos en él. Estaba molesta, herida, furiosa por todo lo que él había logrado aquí.

—Objeción, su señoría, el abogado intenta sobrellevar la conversación acusando a mi defendida sin presentar pruebas que la incriminen —dijo mi abogado levantándose de su asiento.

—¡No ha lugar! abogado, continué con el interrogatorio —dijo el juez refiriéndose al abogado.

Hasta el momento estaba perdida, pero nada podía hacer. No tenía sentido tratar de defenderme, mi abogado había perdido el caso. Ya no tenía más nada para salir ilesa de esta maraña. Ahora solo me quedaba una carta y esperaba que funcionara.

—Contesta, Anastasia. Aún me faltan otras víctimas más que mencionar —dijo el abogado adquiriendo más poder en su tono de voz.

—El doctor Stefano se suicidó, sí es cierto que su muerte me dejaba tranquila de sus acosos en cada sesión, pero no tuve nada que ver en eso. Lo juro —mencioné.

—Y ¿qué razones podría tener para acabar con su vida?

—No lo sé, tal vez fue algo que vio o que descubrió por investigar de más. Usted sabe, el doctor atendía a muchos pacientes además de mí y no los veo aquí —dije con cierto gesto de duda.

—¿Algo que descubrió? —dijo el abogado— ¿Acaso fue a causa de una amenaza?

—No lo sé, a veces las personas quieren descifrar las cosas, pero luego pueden impactarse con los resultados. Si de algo estoy segura es que no lo maté y ninguna de sus pruebas es lo suficientemente sólida para acusarme, ya déjeme en paz —increpé.

—Muy bien, veo que no necesitas abogado. Te defiendes muy bien Anastasia. — Hizo una pausa.

Pero... ¿Qué hay del oficial a cargo de tu caso? El oficial que murió cuando se daba tu arresto en las instalaciones del hospital —continuó preguntando.

—No sé nada sobre eso. El detective es testigo que estuve en todo momento en mi habitación ya que él me estuvo interrogando, de seguro que él se lo podrá corroborar —dije

—Anastasia, te beneficiarias de su muerte al ser el único que estaba buscando pistas para encerrarte en la cárcel por asesinato. Me dices que no tuviste nada que ver... ¿Esperas que te crea? — cuestionó el abogado.

—Puede pensar lo que quiera, no tuve nada que ver, lo he dicho ya muchas veces. No entiendo porque insiste en culparme por la muerte de todas esas personas. Ya le dije, estaba en mi habitación cuando eso pasó. ¿Como podría hacerlo? —le grité.

—Sabes muy bien que él no murió de forma inmediata, pudiste matarlo por sobredosis, dejarlo ahí y luego regresar a tu habitación. Pudiste pasar por ahí de camino, cuando regresabas de tu paseo matutino al parque... porque todos los días pasabas por ahí para ir al parque... pudiste haber planificado todo con cautela Anastasia. —Me miró con dureza.

Me quedé un rato pensado en que contestar. El abogado tenía toda la razón, de haberlo hecho, tendría tiempo de sobra para planear el asesinato.

La oficina en la que murió el oficial estaba de camino al parque. Era un pasillo corto un tanto deshabitado en el ala norte del hospital, con poca iluminación, cerca de los ascensores, es muy fácil ingresar a esas oficinas sin ser vistos. Era el lugar perfecto. Sin embargo, no podía dejar que el abogado se saliera con la suya. De hecho, no tenía suficientes pistas que me incriminaran, así que solo debía hacer lo que mejor sabía hacer: negarlo todo.

El juicio se me hizo una eternidad. Por más que mi abogado trató de defenderme, no había mucho que hacer. Mis testigos afirmaban lo que el doctor O' Neill les había contado y una que otra enfermera alegaba ser testigo de mi estado de salud y buena conducta. Pero estos testimonios no eran suficientes para ganar el caso y dejarme en libertad.

Los señores del jurado en su mayoría se notaron muy convencidos. Continué negándolo todo.

La sesión se retomó al día siguiente. Mi abogado presentó pruebas contundentes sobre el abuso sexual de mi padre adoptivo, así como también pruebas de mi condición psiquiátrica.

Los señores del jurado tenían opiniones divididas, algunos alegaban que lo hice en defensa propia ya cansada de tanto horror. Otros, pensaban que nada justificaba la pérdida de vidas humanas y me encontraban culpable del accidente, de haberlo planeado con premeditación y alevosía, que debía pagar el crimen en vista de que confesé lo planeado.

Negué en todo momento haber matado al ayudante de cocina que se metió a mi celda para abusar de mí. Todos quedaron satisfechos con la coartada que el abogado inventó para sacarme de ese embrollo.

El juicio acabó con el interrogatorio de algunos testigos más, estaba exhausta. El juez pidió un receso para que los señores del jurado pudieran reunirse y deliberar la decisión que luego sería dada.

Me sentía nerviosa, no esperaba salir en libertad, pero esperaba que el juez avalara mi última carta. De lo contrario mi abogado podría apelar. No hablé durante un par de horas, trabajaba tratando de atar todos los cabos y ponerme en orden.

Sea cual fuera la decisión, debía actuar con inteligencia. Mi mente avanzaba a pasos agigantados, los recuerdos a mil por hora, ya no podía distinguir lo irreal de la vida cotidiana. Trataba de controlarlo, pero cada vez era más difícil. Debía dejarlo salir.

Pasaron las setenta y dos horas solicitadas por el juez. Todos entraron de inmediato a la sala, habían designado un presidente del jurado.

Mi abogado y yo estábamos sentados esperando la decisión del juez. El doctor O' Neill estaba muy atrás. Traté de buscarle la mirada, pero fue en vano. Lo noté distante y pensativo luego de todo lo que el detective dijo. Imaginé que estaba incrédulo a todo, que no sabría que creer, no podía discernir qué era cierto y qué no, de qué era inocente y de qué era culpable y eso lo estaba matando. Sea como sea él había jurado estar de mi lado y siempre supo ser una persona de palabra, aunque ahora le pesaban sus principios.

—Silencio en la sala, se procede a dictar el veredicto— afirmó el señor secretario.

La decisión final

"Los monstruos son reales y los fantasmas también. Viven dentro de nosotros... y a veces ganan."

Stephen King

Ahí estábamos, todos de pie frente al estrado. Pronto todo esto terminaría. El doctor O' Neill era lo único cercano que tenía, pero en estos momentos estaba inseguro de mí, de apoyarme y notaba su confusión a metros de distancia. Su poco gesticular y su actitud cabizbaja me lo confirmaban. Eché un vistazo a los señores del jurado y contemplé como todos me miraban, luego miré al secretario quien leía el acta y por último miré al señor juez.

—Se declara a la srta. Anastasia Saint Chainz inocente del accidente en el que murieron sus familiares y de la muerte de la joven Margaret Campos.

El alma me volvió al cuerpo. Escuché múltiples reacciones en el público que se encontraba en la sala. Miré al doctor y me correspondió la mirada, pero lejos de notar alegría en sus ojos descubrí una reacción de miedo, de incertidumbre, como si estuviera ante una persona que nunca había conocido.

Todos en la sala continuaron rumorando, el juez continuó, pero no escuché más nada. Todo estaba saliendo bien para mí: "tal lo planeado". Esa voz, esa pequeña voz dentro de mí me traiciona. Luego del papeleo y demás que conllevaba todo esto, mi destino continuaría en el hospital para terminar de recuperarme de las garras del monstruo de aquella noche.

Mi nuevo comienzo

«¿Por qué no lo puedo matar? Si de todas maneras vamos a morir.»

Mary Bell

Al volver al hospital supe que apelaron a la decisión del juez. Días después me enteré por el doctor O'Neill que había otro sospechoso del delito, un tal Charlie, enfermero del hospital que al parecer encajaba con el perfil y no disponía de una coartada sólida. Como ya todos saben, no pudieron probar nada contra mí, no tenían pruebas suficientes que me implicaran como culpable. Creo que el abogado quería hacer creer que había asesinado a la víctima, para él haber descubierto esa parte de mí, me colocaba en una sospechosa potencial.

Era muy probable que iban a solicitar otro juicio, aún estaba impune la misteriosa muerte del doctor Marco, las muertes del oficial Montero y del cocinero de la celda trece, fue así como le apodamos.

Esta vez el doctor O'Neill ya no estaba a mi cuidado, sino una doctora llamada Caroline. El doctor O'Neill pidió unas vacaciones para alejarse de todo este ambiente tóxico que se desarrollaba entorno a mi historia, de todos los descubrimientos y mi aparición en su vida. Conversó conmigo antes de irse, dijo que necesitaba tiempo para digerir las cosas y yo entendía perfectamente.

Al salir del hospital, por mi condición mental, el doctor consiguió enviarme a una clínica psiquiátrica donde cuidarían de mí. Por las tardes siempre iba a visitarme, me llevaba revistas, marcadores de muchos colores y libretas para dibujar, era la única persona que me visitaba.

—El efecto que causa en mí esa presencia es como si quisiera poseerme o tal vez matarme, algunas veces pienso que mi madre intentó decírmelo, pero no pude entenderle —le comenté mientras recortaba figuras amorfas.

—Anastasia, ¿por qué no me cuentas lo que pasó? —me preguntó el doctor O´Neill.

Lo miré y vi sus ojos llenos de curiosidad, era lógico que buscara respuestas solo que no buscaba preguntas.

—Cuando estaba pequeña, conocí a mi mamá en ese sanatorio. Su comportamiento era deplorable, a veces era ofensiva, a veces dulce como deberían serlo todas las madres, otras veces tenía la mirada perdida, como si navegara en sus recuerdos. — le dije mientras cabizbaja también revolvía esos recuerdos, recuerdos dolorosos de un pasado que creía haber olvidado.

—Decía que pronto vendrían por ella, decía que cuando estaba en su vientre una entidad maligna la visitaba, le susurraba cosas al oído, maldiciones, desdichas, deseos. Mi madre creía que aquel espectro venía por ella, por su alma, al tratar de deshacerse de mí intentaba según ella, protegerme de aquel mal.

—El ser que me dio la vida... intentó muchas veces quitármela, hasta que un día tratando de escapar de sus golpes ella resbaló por las escaleras —mencioné recordando con lágrimas en los ojos.

—¿Murió, Anastasia?

Asentí.

—No podían culparme, era una niña y fue en defensa propia. Me enviaron lejos a ese lugar de adopción y allí la familia Saint Chainz me rescató. Nunca pude olvidar aquello, y cuando me adoptaron pensé que mi vida cambiaría, que, por fin, tendría un nuevo comienzo, pero eso fue el inicio de una pesadilla. Lo que viví con esa familia fue horrible, nunca me sentí parte de ella y lo peor de todo es que aquella entidad parecía seguirme a donde fuera tras la muerte de mi madre.

—¿A qué te refieres? —se mostró preocupado.

—Aquello que mató al oficial Montero, doctor. Ese monstruo que descuartizó al cocinero que intentó abusar de mí. Ella no quería que se supiera la verdad. Cuando mi madre intentó decírmelo, no se lo permitió.

—¿De quién estás hablando Anastasia? No logro entenderte... ¿Me estás diciendo que tú no los mataste? ... ¡¡Entonces no mentías!! —recuerdo su cara de asombro.

—Ella lo hizo —le dije mirándolo a los ojos.

De pronto la ventana se abrió y con una brisa fría las cortinas de la habitación se movieron. Pude escuchar un grito desgarrador parecido al que escuché ese día mientras ella caía por las escaleras. Me tapé los oídos con fuerza y volteé mi cabeza para mirar hacia la ventana.

—¿Pasa algo, Anastasia?, Anastasia, ¿Estás bien?

No había nada en la ventana.

—No, no pasa nada doctor.

—Quiero que sepas que creo en tu versión de los hechos. Solo que me resulta difícil. Necesito tiempo para asimilar…todo esto ha pasado muy rápido para mí.

—Entiendo —mencioné.

—Voy a estar contigo Anastasia, no te dejaré sola — Y luego de mirarme por varios segundos, sonrío seguro de su promesa, de mi inocencia, de lo que sentía, de mi parte de la historia.

Comenzó a pasarme las revistas y la libreta nueva que había traído en su maletín.

—Es curioso, nunca supimos quién mató al doctor Stefano, nunca encontraron al culpable. No encontraron pruebas suficientes que señalaran a un sospechoso contundente. Qué caso más extraño, pobre doctor —mencionó preocupado mientras pensaba en aquella situación.

—Sí, es curioso. ¿Le gustaría pintar conmigo?

—Claro, pero solo un rato, ya casi debo irme. Tengo turno en el hospital —dijo colocándose a mi derecha.

—¿Está bien si me siento de este lado? —me pregunta.

—Está bien para mí, soy ambidiestra —le dije plantándole un beso en los labios.

"Todos los juegos son limpios si todo el mundo es engañado a la vez".

Stephen King.

Agradecimientos

No puedo comenzar siquiera a agradecer sin nombrar a Dios y ponerlo por delante de todos mis proyectos cada día.

A mi familia, quienes siempre serán la fuente inagotable de mi fortaleza. A mi abuela, quien representa para todos nosotros el pilar fundamental de la familia.

A mis amigos Julio, Verónica, Paulo, Mónica y Gus quienes pase lo que pase siempre han estado para mí incondicionalmente. Ellos han sido mi pilar en cada tropiezo, en cada lágrima, en cada problema, así como también en cada logro, en cada alegría, en cada meta.

A mis lectores Beta, Iris Frago y Florentino Hidalgo quienes con sus comentarios, experiencias e ideas me ayudaron a mejorar esta historia. Mil gracias, chicos, son lo máximo.

Sobre la autora

Flor M. García nació un 13 de septiembre de 1,986 en la ciudad de Aguadulce, Provincia de Coclé, República de Panamá. Realizó estudios secundarios en el Colegio Rodolfo Chiari de Aguadulce, Coclé. Obtuvo el título de Maestría en Ingeniería de Software Aplicada en la Universidad Tecnológica de Panamá.

Analista de Sistemas, actualmente reside en la ciudad de Panamá.

En el 2021 creó la cuenta literaria @miestantedelibros507 como bookstagrammer donde a través de su página promueve la lectura y al escritor nacional. Integrante del equipo de bookstagrammers de Panamá @Booktimes.pty

Puedes seguirla desde su cuenta de Instagram **@florm.garcia**

Subconsciente es su primera incursión como escritora, trayendo consigo una historia de género negro que de seguro te encantará.

Made in the USA
Columbia, SC
27 February 2025